清中叶以来，雅部式微，花部兴起。各种通俗文艺呈现百花齐放之势。正是在此良好的文化生态之下，子弟书诞生了。她用优雅的身姿将人们召唤进一个生动活泼的生命世界。

书斋与书坊之间

——清代子弟书研究

崔蕴华 著

北京大学出版社
PEKING UNIVERSITY PRESS

北京市社会科学理论著作出版基金资助

图书在版编目(CIP)数据

书斋与书坊之间——清代子弟书研究/崔蕴华著.—北京:北京大学出版社,2005.8

ISBN 7-301-08632-6

Ⅰ.书… Ⅱ.崔… Ⅲ.子弟书-文学研究-中国-清代 Ⅳ.I207.39

中国版本图书馆 CIP 数据核字(2005)第 005078 号

书　　名:书斋与书坊之间——清代子弟书研究

著作责任者:崔蕴华　著

责 任 编 辑:曹芬　李霞

标 准 书 号:ISBN 7-301-08632-6/I·0714

出 版 发 行:北京大学出版社

地　　址:北京市海淀区中关村北京大学校内　100871

网　　址:http://cbs.pku.edu.cn　电子信箱:pl@pup.pku.edu.cn

电　　话:邮购部 62752015　发行部 62750672　编辑部 62752027

排 版 者:北京高新特打字服务社　82350640

印 刷 者:三河市新世纪印务有限公司

经 销 者:新华书店

650 毫米×980 毫米　16 开本　11.25 印张　156 千字

2005 年 8 月第 1 版　2006 年 9 月第 2 次印刷

定　　价:20.00 元

賣油郎

建都即位在臨安起用忠良来直諫蠲免錢粮萬姓
歡國容兵强天下治五谷豐登大有年臨安的清波
門内朱十老賣油為生有本錢夫婦年殘絕了後要
收个螟蛉義子掌家園有一个汴梁秦良因逃难
他到此無奈賣兒度晚年十老聞之心歡喜見小
兒生的品貌不非凡兩家說明立文約交清身銀
各轉还領至家中換衣履夫妻相代似親生秦童

北京师范大学图书馆藏《卖油郎独占花魁子弟书》，钞本大痛的君王說全都在朕　見將〻點點頭兒不停　早有那彩女慌張與將〻攙扶　宮娥忙亂與國舅把衣更　見他靜悄〻血敗神枯就絕了氣脈　那想定的心可憐不死把眼睜　唐天子痛念亡妻哭未住　宮官來說千歲歸來馬進了城

子弟圖

遊戲登場〻查書

消閑雅趣有規模

絃歌創始公同好

天津图书馆藏《子弟图》抄本，一回

名色由来列两途 挥霍应酬称子弟 风流气概贯江湖
而今几至归同道 驱使由人不自如 若论说子弟二字
因书起 创自名门与巨族 题昔年凡吾们旗人多富贵
家庭内时时唱戏很耽误 因评论昆戏南音推费解
说北曲又嫌粗 故作书词分段落 所为的是既能警雅又可
通俗 条子板谱入三弦与人同乐 又谁知听的子弟暗昭熟
无过着家庭消会一段趣 借此言谈书籍为子弟书 皆
羡慕别致新奇字真韵稳 但只扬顿挫气贯神足 真令

天津图书馆藏《子弟图》抄本，一回

六月廿八日

第一卷

二八 八僊慶壽

詞句過於迷信与社會教育不合

三 天官賜福

句法頗多費解

一〇四 慶壽詞

文字明顯對於居家壽事演唱最佳

天津图书馆藏《子弟书约选日记》，抄本

CONTENTS 目　录

CONTENTS 目　录

引 言

一、文献综述

“杨家有女初长成，养在深闺人未识”，子弟书的不少篇章咏唱着杨妃的故事，而它自己亦经历着被搁置的边缘境况。子弟书是清中叶以来流行于北方的一种曲艺形式，它以满族子弟为主体，辐射了汉族在内的一些北方地区。它的演唱形式已失传近百年，但正如学者所指出，“子弟书之价值，不在其歌曲音节，而在其文章。词句虽有时近于俚浅，妇孺易晓，然其写情则沁人心脾，写景则在人耳目，述事则如出其口，极其真善美之致。其境界之妙，恐元曲而外殊无能与伦者也。”[①] 其学术品格亦在音节与文词的消长之中摇曳而出，独具绵邈之态。古老的曲艺形式，幽雅的曲风及其多彩的华章都似乎令人追忆起“风乎舞雩”的古老乐风。著名戏曲研究家赵景深先生在《子弟书丛钞》序中曾这样深情地呼吁：

> 我希望今后中国文学史里能让子弟书也占一席之地，不仅只是北京大学55级1959年本《中国文学史》里面略有叙述。过去我们常说“唐诗宋词元曲”是诗歌的顶峰，元曲应该是指散曲说的。因为元代杂剧是戏曲，不是诗；只有散曲才是诗。我特别同意陆侃如和冯沅君所编的《中国诗史》，唐诗、宋词、元曲以下，明代注重小曲，清代注重与子弟书略有近似的八角鼓，选了《秋声赋》和《风雨归舟》。子弟书虽然大多以中国明清小说、戏曲为题材，但它究竟不是小说、戏曲，而是叙事诗。中国叙事诗过去著名的只有《孔雀东南飞》和《木兰诗》，现在子弟书这类叙事诗却是大量的，其中好多篇杰作并不比《孔雀

① 傅惜华：《曲艺丛谈》，上海文艺联合出版社1953年版，第98页。

东南飞》和《木兰诗》逊色。[①]

徉徊于文学与艺术之间，子弟书的研究处于一种尴尬的界点。在曲艺史著作中，它偏居一隅，有着大略相同的介绍与评价；因为它无法保有至今都说唱不衰的艺术音韵与感性形式，如弹词，如大鼓；在文学史著作中，它更是在一句句“花部兴起，雅部衰落”的点评中流失了自己的历史坐标。子弟书在民国初绝音后不久，有学者在北京发现了车王府曲本。其中珍藏有大量子弟书诗篇共计294种。但在学术界并没有引起震动。相比起《红楼梦》的某一版本甚或某一幅字画出现而引起的强烈争鸣而言，子弟书的研究争鸣真是有似“大音稀声”。王季思先生曾认为这与我国近现代文化人的三种心态有关，即“重古轻今”、“重雅轻俗”、“重外轻中”(“外”指先被外国人发现研究而后国内引起重视如敦煌学等学术领域——编者按)。[②] 这三重三轻确是击中中国学术研究的薄弱之处。

子弟书研究没有蔚成大观，但在百余年中，不断有学者文士触摸它，感悟它，并将其披之行文。笔者将其整合为以下几个阶段：

近距离感悟　这包括最早的子弟书研究著作——清人顾琳的《书词绪论》。因创作于子弟书盛行的嘉庆时期，作者顾琳及评者李镛又亲自参加到子弟书的创演活动中去，所以其评论弥足珍贵。这也是清代惟一的子弟书专论。其中关于子弟书的演唱事宜及建立书社的评论为今人探讨已失传的子弟书演唱等艺术活动提供了很高的文献参考价值。总体来说，这一时期的研究者多为身在其中的感悟者，其他一些文献如《天咫偶闻》、《燕京岁时记》、《道咸以来朝野杂记》等仅有只言片语的记录，亦多为感悟式评论，如说其唱腔“西韵若昆曲”[③] 等。

挖掘整理式研究　“五四”新文化运动在西风欧雨的浸润中横扫旧文化，一批学者、作家以宏大的气势与深远的眼界将目光投向

---

① 见关德栋、周中明：《子弟书丛钞》，赵景深序，上海古籍出版社 1984 年版，第 2 页。

② 王季思：《安阳甲骨、敦煌文书之后又一重大发现》，收入刘烈茂，郭精锐等著：《车王府曲本研究》，广东人民出版社 2000 年版，第 3 页。

③ 得硕亭“草珠一串”竹枝词，收入《中华竹枝词》，北京古籍出版社 1997 年版，第 151 页。

民间文艺的整理与研究。1922年,北京大学《歌谣周刊》的《简章》中就呈现出搜集民歌的积极姿态。也正鉴于此大文化背景,20世纪20年代顾颉刚、马隅卿等学者发现了车王府曲本的价值,其中子弟书唱词的抄本近三百篇,卷帙浩繁,足令后人振奋。可以说,一大批子弟书曲本的出现,开创了此领域研究的新境界。子弟书的整理成为此期重要的工作。1932年,刘半农、李家瑞的《中国俗曲总目稿》、李家瑞《北平俗曲略》及50年代傅惜华先生编的《子弟书总目》成为此期代表性的文献成果,奠定了后来子弟书研究的基础。《子弟书总目》探讨了子弟书的公私收藏情况,并进行版本核对与注录,共收录子弟书四百余种、一千数百部。至此,此曲种的数量、版本流传等情况已有大致的确定。郑振铎1935年编《世界文库》亦收入子弟书十一篇,将子弟书作家韩小窗等与世界文豪塞万提斯等相提并论。在"五四"熏染之下的上述学者,其研究极具世界性的气魄。这些大师的学术研究交织着对民间文艺的感性关爱与理性思索,并将之放诸世界与人类文明的历程中观照,颇有高屋建瓴的学术高度。

多元化态势研究　近二三十年来,研究学者渐多起来,以中山大学、辽宁及北京为中心,形成多元化地域的倾向。研究者各有地域特色。东北研究者(如任光伟)多侧重于"清音子弟书"(东北子弟书)的研究;中山大学的学者多以所藏《车王府曲本》的整理为中心,进行文献学的研究。此期出版了多部有关子弟书的著作,如《子弟书丛钞》(关德栋、周中明)、《红楼梦子弟书》(胡文彬)、《车王府曲本提要》(郭精锐)、《聊斋志异说唱集》(关德栋)、《车王府曲本研究》等。另外据笔者统计,共有近三十篇关于子弟书的论文发表。此期值得一提的是20世纪90年代以来连续出版了三种子弟书的文献资料:1991年首都图书馆《清蒙古车王府藏曲本》;北京民族古籍整理出版规划小组分别于1994年和2000年出版了《清蒙古车王府藏子弟书》及《子弟书珍本百种》。这是子弟书在沉寂半个世纪后的首次公开大"展示",对于普及此曲种知识,促进珍惜曲种的研究起了积极作用。据笔者考察,在这几本子弟书资料出版之后,子弟书的研究文章逐渐增多。以前只供少数珍藏子弟书的学者研究的情况被打破，而是“飞入寻常百姓家”了。普通学者可以通过这些资料进行针对性研究。此期研究的焦点是，第一，关注子弟书作者的考证，其中有关韩小窗及鹤侣氏的考证文章较集中，如《韩小窗生平及其作品考察论》、《会文山房与韩小窗》、《子弟书之作家及其作品》、《子弟书作者鹤侣氏考》、《鹤侣和他的子弟书》、《清代宫廷侍卫生活的真实写照：鹤侣的侍卫子弟书》及《子弟书作者“鹤侣氏”生平、家世考略》等。第二是较多关注子弟书的渊源考证，如它与八角鼓、大鼓等的渊源关系考证，主要文章有《子弟书的源流》、《子弟书的产生及其在东北的发展》、《论“子弟书”与“八角鼓”的演变》、《〈八角鼓〉、〈子弟书〉考略》、《子弟书初探》等。

不同的文化背景往往对同一文本的诠释有很大的差异性。台湾地区、日本等地对中华民俗民艺包括子弟书研究有很大的差异，但对中华民艺的挚爱及不懈探索却成为不同地域、不同意识形态轨迹中文化研究者的共同精神支点。子弟书的文化触角很长，它已翻过滔滔江水，被海外学者敏锐触摸并深入研究。可以说，子弟书的研究在当前形成了中国大陆、台湾地区、日本三足鼎立之势(当然法国等地也有人研究)，已包容入东亚学术轨迹之中。台湾自20世纪七八十年代以来，就有学者孜孜不倦地对子弟书进行研究，“国立”政治大学陈锦钊教授对此有较全面的探讨。早在70年代，陈教授就撰有博士论文《子弟书之题材来源及其综合研究》，该书分为上下两编，上编探讨了子弟书之题材来源，包括取材于通俗小说之子弟书、取材于戏曲之子弟书、取材于当时生活及风土人情之子弟书、取材于吉庆及通俗故事或其他故事之子弟书等几大章；下编为综合研究，分子弟书之名称由来及其渊源考、子弟书之作家及其作品、子弟书之演变、子弟书之影响及其没落、论“满汉兼”及“镶嵌”两类子弟书、论近人所编之子弟书目录共七章。该书论证详尽，资料翔实，是目前为止研究子弟书的惟一专著。另外，陈先生还撰有《六十年来子弟书的整理与研究》等相关论文十余篇。陈先生对现存子弟书的许多错误都进行了考辨，如子弟书与快书的区别前人不太重视，甚至区别不清。陈先生将车王府子弟书中的几篇《草船借箭》、《削道冠儿》、《碰碑》、《赤壁鏖兵》、《舌战群儒》、

《血带诏》、《淤泥河》划分为快书，从而使子弟书与其他曲艺的区别更明晰。另外，他还发觉车王府本中《游寺》第二回中后半截各句之间文义不搭，经过考察，分析出其中文句颠倒的部分加以改正。这些爬梳整理的工作对子弟书的研究是非常重要的基础。

另外，台湾学者张克济的《子弟书的艳曲》一文则从心理学、伦理学等西方理论角度探讨子弟书中的艳曲与人性、性别的关系，颇有新意。台湾史语所珍藏大量“百本张”等版本的子弟书，可以说，这与大陆的车王府版子弟书隔岸相呼，形成了各自的研究特色。近年来，随着文化资源的共享与交流，子弟书研究亦相互渗透，各取对方之长。日本学者波多野太郎、长泽规矩也诸先生酷爱中华古老艺术，对子弟书情有独钟。波多野太郎先生编有《横滨市立大学纪要·子弟书集》等。他的学术成果，如《满汉合璧子弟书寻夫曲校证》，资料之全，考证之详，令人叹为观止，厚重的考辨资料积淀出日本学者谨严而善分析考辨的优秀学术品格。

二、选题意义与价值思考

子弟书蕴含着丰厚的文化内涵，其形式、曲调等均泽被一代曲坛，影响较大。但中国学术史历来重雅轻俗，至“五四”时俗文学受到重视，也只是《红楼梦》等一批小说、戏曲受惠颇多，由此奠定了古典文学研究的基本框架。民俗、民间文艺在一批大师的热情号召参与下，曾经绽放出理论研究的奇葩，但子弟书研究一直涉足较少，更缺乏系统、全面的研究体系。近些年来，传统曲艺研究呈上升趋势。尤其评弹、说书等领域已有专著面世。越来越多的学者在走向泛文学的研究。1999 年发表于《文学遗产》第 1 期的《徜徉于文学与艺术之间——戏曲研究》的三学者对话中已指出戏曲(包括曲艺)的研究方向：

> 把戏曲作为一种文化活动、商业活动，作为社会生活的一部分来看待，因而使得戏曲发展史呈现一个全新的面目，即不再只是精英文学史或杰出的作家作品的评论的连缀，更是一种通俗文艺的发展史，除了传统的文人士大夫的视野之外，还有其他的视野，而且作为文化研究的对象，本身已无高下之分。

在此启发下，笔者试图从学术文化发展流程的另一视野即通俗文化角度来观照子弟书文化现象。在学术研究中只有价值与风格的不同，没有意识形态的善恶之辨与贵贱之别。阳春白雪与下里巴人只是一种视野与艺术直觉。子弟书现象其实已超出身份贵贱之别的笼统对立。在浩瀚的子弟书辞章中，作家深刻的哲思与通俗的语言、华贵的文人气息与喧嚣的市井风俗已杂糅出最扣人心弦的心灵图景。笔者试图对这种奇异的多元组合进行深入的探讨。

笔者少时痴迷于曲艺、戏曲，越剧《红楼梦》多能清唱，当十几年后的今日翻看子弟书时，惊异于自己少时爱唱的曲词竟在这里找到熟悉的身形。这种无意识的积累与契合亦触发了对当代曲艺文化渊源的学术探讨。子弟书是属于某一历史经纬中的，但它的坐标点却在当时及以后百年中散发出浓郁的文化气息与文学韵味，笔者由此而深刻体会到“形灭神存”的文化意义。而子弟书的流传时代又恰处于清中叶到近代之间，即古典文化向近代文化转型时期。这是从社会到文化意识都发生重大转变的阶段，透过子弟书这一特殊的文本或许能显现出向近代文化渐进的某些轨迹。这其中涉及到它的艺术活动，从场地到演唱再到广告宣传及市民心态的变化等。

在研究方法上，笔者赞成“文本、文献、文化”三者并重的古典学术研究思路。在对子弟书的爬梳整理中，以文本、文献为基础，以其文化意义为旨归，立图呈现此一曲种诗化的文本风范、珍贵的文献资源以及鲜活丰满的文化内蕴三个层次的特性，其中对一些新发现子弟书篇章的文献研究或许会调整对其文本艺术活动的研究思路。换言之，一方面将子弟书还原到真实的文化场景中，观照它艺术活力的勃发与消亡；另一方面试图超越表层的存在，将其文本现象及形式风范作为中国古典叙事诗最后的辉煌来重新体认，力图呈现此种文学样式的真正意味。

第一章　子弟书概述

第一节　子弟书名称研究

子弟书是清代北方曲艺之一种。其流传时间约从清乾隆年间始至民国初年，大约二百年的时间。主要流行于北京、沈阳、天津等北方地区。在道光、咸丰、同治年间，颇为盛行，“所制之曲，人争传诵，纸贵一时”[①]。至清末民国初年，被大鼓等曲艺代替，渐趋消亡。此种曲艺名称来源，一般均认为源于“八旗子弟”。清曼殊震钧《天咫偶闻》卷七云：

> 昔日鼓词，有所谓子弟书者，始轫于八旗子弟。

《清稗类钞》音乐类“子弟书条”也说：

> 京师有子弟书，为八旗子弟所创。

另有梦幻道人所说“旗籍子弟多为之，故又名子弟书”[②]。《都市丛谈》“八角鼓条”写道：“演者多是贵胄皇族，故称子弟”。“子弟”一词，很早就有，一般多指贵族富户人家的子孙。元杂剧即有《宦门子弟错立身》一剧。子弟书中也多次使用“子弟”一词，如《随缘乐》：“子弟尊重又粘上红签”[③]；《须子论》：“瞄见了报子贴出子弟排演”、“总只为少年子弟教当严”；《拐棒楼》：“为的是预备子弟众名贤”，“喜出望外是子弟艺来真绝妙”，“为劝那风流子弟改恶从贤”；《桃李园》：“诏诸子弟会桃李之芳园”；《风流公子》：“可惜那旧家子弟甚清白”；《票把儿上台》：“子弟消闲特好玩，出奇制胜效梨

---

① 见《绿棠吟馆子弟书选》序，首都图书馆藏，抄本。

② 收入郑振铎：《郑振铎全集·中国文学研究卷》中论文《三十年来中国文学新资料发现记》，第504页。

③ 本书所引子弟书除特别说明外均取自《清蒙古车王府藏子弟书》及《子弟书珍本百种》两书。

园”;《路旁花》:“勾引那游花子弟趁钱财”;《花木兰》:“也曾见梨园子弟登场演戏”;《双官诰》:“越显得是旧家的子弟尊贵非凡”;等等。清代北京的竹枝词中也有许多有关“子弟”的记载。清代的“子弟”一词应指三个层次的内容。第一层,泛指所有富户人家的子孙,以上之例均指此义。第二层含义指富贵子弟中的票友。如《朝市丛载》中竹枝词:“缘何玩票异江湖,车笼当年自备储。为问近来诸子弟,轻财还似昔时无?”又如“技艺京西号随缘,张贴特请始名传。受他刻薄人争乐,子弟明称暗要钱”。[①] 这里的“子弟”属第二层意义,专指从事曲艺活动的贵族子弟,其中应包括“八旗子弟”;第三层含义则专指满洲八旗子弟。《天咫偶闻》在提到八旗习俗时感叹早年礼仪之全时说:“八旗旧家,礼法最重。余少时见长上之所以待子弟,与子弟之所以事长上,无不各尽其诚。……宾至,执役者,皆子弟也。……子弟未冠以前,不令出门。……故子弟为非者甚鲜。”[②] 这里的“子弟”则特指“八旗子弟”。《天咫偶闻》中说到子弟书时云:“此等艺,内城士夫多擅场”[③],而早期京城内城均为八旗居住,子弟书产生于乾隆年间,此时内城布局亦是相当谨严,八旗各旗按旗而划居,所以“内城士夫”应专指“八旗”士夫,子弟书始创于八旗子弟应无疑。笔者在天津图书馆发现的资料《子弟图》子弟书中也证实了这一观点:

> 虽听说子弟二字因书起,创自名门与巨族。
> 题昔年凡吾们旗人多富贵,家庭内时时唱戏狠听熟。
> 因评论昆戏南音推费解,弋腔北曲又嫌粗。
> 故作书词分段落,所为的是能雅又可通俗。
> 条子板谱入三弦与人同乐,又谁生聪明子弟暗习熟。
> 每遇着家庭燕会一(凑?)趣,借此意听者称为子弟书。[④]

---

① 李虹若:《朝市丛载》“词场门”中“玩票”竹枝词,第158页;“技艺门”中“随缘乐”竹枝词,北京古籍出版社1995年版,第157页。

② 分见于震钧:《天咫偶闻》卷十“琐记”,第209页;卷七,北京古籍出版社1982年版,第175页。

③ 同上。

④ 天津图书馆藏《子弟图》抄本。

这一资料明确指出“子弟书”乃是出自“名门与巨族”的“八旗子弟”之手。因他们不满足于传统的昆腔及“粗俗”的弋腔[①]等而独创“子弟书”以供赏玩，在不经意的自创中成就了一代曲艺。另据《都市丛谈》什不闲等曲艺“分清浑两门（即‘子弟’与‘生意’之别）”[②]，从而“子弟”二字兼有不为赚钱之义。《绿棠吟馆子弟书选》序提到：

> 至于子弟二字，亦颇耐人寻味。类如诗书子弟、青年子弟、大家子弟以及膏粱子弟、纨绔子弟、浮浪子弟皆子弟也，而此子弟究竟何属乎？盖京师俗谓演剧受钱者为生艺，不受酬者为子弟。由是言之，则此书无论若何子弟均可歌可读者矣。

综上所述，“子弟书”其名应指两种涵义，一是指创始人乃“八旗子弟”；二是指出此种曲艺不以赚钱为目的，而属“子弟”之门。

子弟书除这一名称外，历来还有许多叫法，如“硬书”（《子弟书目录》[③]）、“子弟段”[④]、“清音子弟书”[⑤]、“弦子书”[⑥] 等称呼。“硬书”名称见于百本张《子弟书目录》，中列有“硬书满床笏”、“硬书叹武侯”、“硬书八郎探母”等名目。硬书的内容多慷慨激昂之作，区别于温柔缠绵之作，因而“硬书”之称并不能用来指全部子弟书。“清音子弟书”一名，多见于会文山房所刻之书，如《蝴蝶梦》旁注明“清音子弟书”。此名称有多解，有认为因其词高雅而称“清音”者[⑦]，也有人

---

① 弋腔没有管弦伴奏，以人声帮腔，打击乐以鼓板为主，演戏时有时配以钹、锣等热闹器乐，所以子弟书中说它“粗俗”。富察敦崇：《燕京岁时记》“封台”条云：“高腔即弋腔。高腔者，有金鼓而无丝竹，慷慨悲歌，乃燕土之旧俗也。”

② 逆旅过客：《都市丛谈》“什不闲”条，北京古籍出版社 1995 年版，第 115 页。

③ “百本张”各抄本《子弟书目录》中均有“硬书”之名。

④ 卢前：《酒边集》附载舒适“奉天鼓儿词”。上海会文堂新记书局，民国 23 年。

⑤ 会文山房刻本多标以“清音子弟书”。李家瑞：《北平俗曲略》及傅惜华《子弟书总目》中均提到。

⑥ 李家瑞：《北平俗曲略》中云：“弦子书亦称子弟书，因为唱这书的人大半是大员子弟公勋后。这样称法，自然是不甚妥当。”上海文艺出版社 1990 年影印本，第 8 页。

⑦ 李家瑞：《北平俗曲略》中提到，因为子弟书词高韵雅，“所以刻本子弟书词，都称为清音子弟书”。上海文艺出版社 1990 年影印本，第 8 页。

认为其演唱时为不带伴奏的徒唱而称“清音”者[1]，还有人认为因“坐唱”而称清音[2]，甚至解释为“非职业性”[3] 等等。查中国流传的曲艺称“清音”者还有“四川清音”。笔者认为上述几种解释都不太确切。据《子弟图》中形容子弟书“皆羡慕别致新奇字真韵稳，悠扬顿挫气贯神足。真令人耳目一新并且直接痛快，强如听昆弋腔混字多半的含糊”。可知“清音”主要是区别于当时京城流行的昆、弋腔的含糊而言。子弟书的演唱乐器仅以三弦为主，而且悠扬顿挫，绝非热闹的戏曲诸腔可相比，故而从其演唱效果来说是简捷清爽的“清音”，在这一点上正符合八旗子弟富足之情、清雅之性；“弦子书”乃是指以三弦为伴奏乐器，三弦又称“弦子”。纵观这几个名称，都不如“子弟书”一名来得简练精确，故而现在已很少有人提及，“子弟书”也便自然成了此种曲艺的正统称谓。

第二节　子弟书渊源考

一、四种渊源说

子弟书幽雅典丽，名噪一时。这样的艺术绝非横空出世，“前无古人，后无来者”，而是有着深厚的历史渊源的。翻看子弟书，人们会被它的描写打动，感觉到它的诗句似曾相识，却又惘然不知归于何处。确实如此，子弟书的起源是学术界一直探讨的话题。其来源有四种说法：

1. 源于满族民间艺术

赵志辉《〈八角鼓〉、〈子弟书〉考略》一文认为子弟书源于满族民间艺术“八角鼓”。“八角鼓”的产生又与满族萨满教有密切关

---

① 任光伟：《子弟书的产生及其在东北的发展》中云：“子弟书约在嘉庆中年传来沈阳。传来时因不用乐器伴奏，故全称为‘东韵清音子弟书’。民间一般简称为‘清音子弟书’。”收入《中国曲艺论集》（二），中国曲艺出版社 1990 年版，第 414 页。

② 刘吉典：《天津卫子弟书的声腔介绍》：“所谓‘清音子弟书’，主要指‘坐唱’而言，并非是不用乐器伴奏的‘干唱’”。见《曲艺艺术论丛》第三辑，1982 年。

③ 傅惜华认为：“因为当时从事演唱的人与前期的作家，有大多数是非职业的所谓票友者，所以这种曲艺原名叫做‘清音子弟书’。”见《子弟书总目》，上海文艺联合出版社 1954 年版，第 3 页。

系。由“八角鼓”而产生“岔曲”，由“岔曲”而发展为“八旗清音子弟书”。八角鼓的发展，走向两个方面，一是以坐唱形式发展成为“子弟书”；另一种是由拆唱八角鼓而形成了“满戏”与山东聊城“八角鼓”。[①] 还有学者认为子弟书源于东北民歌。关德栋《曲艺论集》中谈到满汉兼子弟书《螃蟹段》时指出，“现在某些东北的子弟书研究者”主张“子弟书源于东北的民歌”。理由是“现在居住东北新宾附近几县的满族人，跳单鼓时歌唱的满语歌曲，音调徐缓，颇类清音子弟书，因而有人说子弟书起源于东北。”[②]

此种说法证据欠佳。子弟书无论从其文字语言形式或曲调上看均与满族民歌没有什么直接关系，更谈不上与萨满教的渊源了。“八角鼓”艺术也与子弟书相距甚远。八角鼓是一种打击乐器，由八块木板镶成八角型，故名。边用木制，直径约 17 厘米，七面有孔，每孔有三个铜镲片，另一面系有流苏穗。演奏时以手指弹击鼓身，以配合演唱。现在北方许多曲艺如单弦等均用它来伴奏。在清代，八角鼓有三种含义，一指乐器，二指单弦牌子曲等曲艺，三指一种包括各种杂耍在内的全堂演出。据《老北京的生活》一书中介绍，一场“八角鼓”演出包括如下节目：[③]

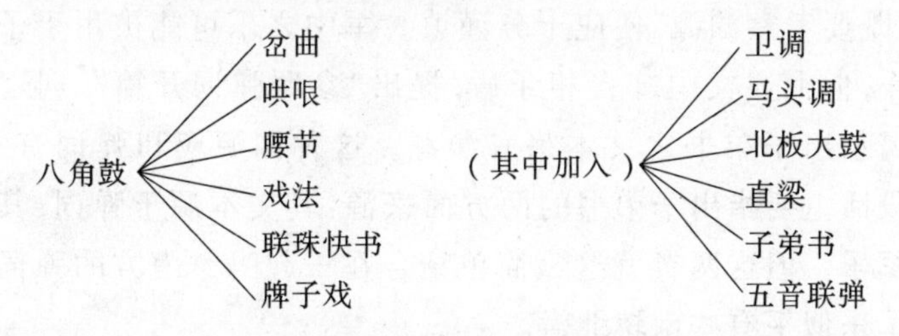

可见子弟书既可单独演出，又可加入到全堂“八角鼓”的演出之中。现在探讨的问题是，子弟书的文字、演唱、语言等究竟源于何处。显然，八角鼓并非是子弟书的渊源，二者只不过是两门不同的艺术门类罢了，只不过它们有时可以混合演出。八角鼓、子弟书

① 赵志辉：《〈八角鼓〉、〈子弟书〉考略》，载《社会科学辑刊》1990 年第 1 期。
② 关德栋：《曲艺论集》，上海古籍出版社 1958 年版，第 96 页。
③ 金受申：《老北京的生活》，北京出版社 1989 年版，第 283—287 页。

或者有共同的来源，或者各有所源，而非是前者派生出后者的关系。

2. 源于清初军乐

有学者认为：

当时清廷频于征战，八旗子弟远戍边关，军中寂寞，常将悲怨之情形之于歌，便逐渐形成一些具有讲唱特点的俗曲，如"边关调"、"马头调"、"太平歌"、"打草干"等。云南《续禄劝县志》载："大理俗好唱打草干，一名打草秆，昔辽士戍滇，牧场打草，有思归之心，因为此歌。其音凄怨。"乾隆庆祝其"十全武功"，胜利凯旋时，曾明令八旗军士载歌载舞进北京。据传说，阿桂将军部战士即用这种边关小调，配以八角鼓演唱了一些歌颂升平、夸耀武功的说唱。京都为之轰动，称其为八旗子弟乐。不久，北京的一些八旗子弟参照弹词开篇，运用民间十三道大辙，创作出以七言为体的一种书段，佐以三弦再合之以八旗子弟乐之曲调，即成为最早的子弟书。[①]

上述说法缺乏有力的证据，"据说"这类的东西并不能用来作为论据，既要考察渊源，便应十分谨慎。军中之乐可能被用于子弟书之创作，但上述文中却自相矛盾，提出"参照弹词开篇"。显然，这句话揭示出子弟书之文本另有渊源。这种渊源应和弹词有关。上述一段话主要指出子弟书的两方面来源：其文本源于弹词，其曲调源于军乐。但这两者就这么简单结合在一起吗？南方的弹词与北国的军乐似乎有些南辕北辙。

3. 源于大鼓

赵景深在其文《子弟书和大鼓》中指出：

……可是它的渊源究竟如何呢？有人主张子弟书就是满旗入关带来的伎艺，但这种说法还是值得商榷的。

我以为北方流行的大鼓是早有它们的远祖的。子弟书是从

---

① 任光伟：《子弟书的产生及其在东北的发展》，收入《中国曲艺论集》，中国曲艺出版社 1990 年版，第 413 页。

民间的大鼓中吸取而加以改造的另一类大鼓，当然在加以改造的过程中，八旗子弟的努力也是不能否认的事。这样也等于说子弟书正像流行于山东的梨花大鼓，流行于河北乐亭附近的乐亭大鼓等等，它可以说是流行在八旗子弟中的“子弟大鼓”了。①

4. 源于鼓词

不少学者持此观点。如：

子弟书是北方民间曲艺的一种，是鼓词的一个支流，而在形式上比其他一般“鼓词”具有相当的进步性。②

变文产生以后，接着有诸宫调，有宝卷，有弹词和鼓词。鼓词其初是整本大幅的，后来则变为摘唱，为大鼓书，为子弟书，为快书，为牌子曲等等。③

在山东一带，又有以唱为主的小型鼓词，唱的是短篇故事，也就是段儿书。清代的八旗子弟书，以及自清末才兴起的大鼓书，似乎都受着段儿书的影响而发展起来的。

现在说到子弟书，这是清代乾隆时满洲贵族就鼓词改造出来供士大夫阶层一种新兴的曲艺。④

上述最后两种起源提到的大鼓和鼓词是否为同一曲艺呢？这里有必要将二者区别开来。鼓词是中国明清时期的一种说唱艺术。《中国曲学大辞典》在解释“鼓词”时说：“明清说唱形式，因以鼓板击节，故名。……这一说唱形式盛行于我国北方的河北、河南、山东以及北京等地，南方仅浙江有温州鼓词、丽水鼓词、永康鼓词等，其起源与北方鼓词不同，北方鼓词也有称为‘鼓书’的，并因流行地区和使用方言不同而形成许多曲种。清中叶以后流行在北方各地的许多大鼓，大抵直接由鼓词发展而成。又今通常也将各种大鼓的唱词称为鼓词。”⑤ 在“大鼓”条中介绍云：“曲艺的一个类

① 赵景深：《曲艺丛谈》，中国曲艺出版社1982年版，第186页。
② 傅惜华：《子弟书总目》之内容提要，上海文艺联合出版社1954年版。
③ 杨荫森：《中国俗文学概论》绪论，世界书局。
④ 陈汝衡：《说书史话》，人民文学出版社1987年版，第230页。
⑤ 《中国曲学大词典》，浙江教育出版社1997年版，第71、72页。

别,亦称大鼓书。鼓书,以鼓板击节作间奏乐说唱,或再伴以弦乐。大抵是鼓词至清中叶以后的一种称谓。”① 此定义将鼓词与大鼓分列开来。《中国大百科全书·戏曲曲艺卷》则在“鼓词”类中,包括了明清鼓词及清中叶后各种大鼓如京韵大鼓、梅花大鼓等。《古代说唱辨体析篇》中鼓词类条目下,也包括贾凫西的《历代史略鼓词》和京韵大鼓《丑末寅初》选段。

由此可知,鼓词广义上包括了大鼓,狭义上仅指明清时期(主要指清中叶之前)的鼓词形式。本书采取后一种说法,将鼓词与大鼓区分开来。鼓词是与变文、词话等一脉相承的鼓曲,今已不知其曲调与唱腔;而大鼓则是清末极为盛行的北方曲艺,其曲调、唱腔均流传至今。可谓是鼓词的发展。两者还有差别,即篇幅长短上,“鼓词本是说唱成本大书的,清后期又出现了只唱不说的短段鼓词,称为‘大鼓’。大鼓初由摘唱长篇鼓词中的精彩片断而来,后来逐渐定型为一种独立的说唱形式。”②

明白了两者的联系与区别,就会发现,子弟书源于大鼓的说法是难以站得住脚的。民初已有人指出,子弟书“是种词曲与诸家词曲均不相同,实为当日作者独出心裁、别开生面者也。若读者误以弹词小曲及大鼓书之类目之者,则失庐山本来之面目矣。”③ 子弟书约形成于乾隆年间,属清中前期;而大鼓则是清中后期尤其是晚期流行的曲艺;从时间上看,子弟书的形成早于大鼓,故而两者并不存在渊源关系。最后一种说法,子弟书源于鼓词,已得到许多学者的共识,笔者也认为颇有道理。如对说唱曲艺进行爬梳整理,或许能更好地了解子弟书的远祖近宗。

二、从词文到子弟书

子弟书为纯唱诗赞体曲艺形式,这里包含了两个重要的艺术形成因素:纯唱与诗赞体。这两种形式早在唐宋时期已初露端倪。曲牌类的诸宫调、鼓子词等暂不谈论,诗赞类说唱唐代已有成型。

---

① 《中国曲学大词典》,浙江教育出版社 1997 年版,第 71、72 页。
② 刘光民:《古代说唱辨体析篇》,首都师范大学出版社 1996 年版,第 8 页。
③ 《绿棠吟馆子弟书选序》,首都图书馆藏,抄本。

敦煌发现的唐变文即为此类。变文本为佛寺说经之用，而后成为一门伎艺。其体制韵散交替，韵文为七言诗体，但其代表作《汉将王陵变》中用于演唱的韵文部分却极少，占不到全书的一半，更多的是说白，因而很难说变文对子弟书的直接影响。但敦煌中另一类说唱，全文无说白，纯为演唱韵文，与子弟书极为相似，这便是——词文。词文与变文是否为一类曲艺很难说清，但敦煌宝卷中仅有的几篇词闻却极有价值。笔者认为，变文对中国白话小说的形成有重要的影响；而词文则对于中国曲艺尤其纯唱式曲艺的发展有深远的影响。如《大汉三年季布骂阵词文》中一段：

季布既蒙王许骂，意似狞龙拟吐云。
遂唤上将钟离末，各将轻骑后随身。
出阵抛旗强百步，驻马攒蹄不动尘。
腰下狼牙碇四羽，臂上乌号挂六钧。
顺风高绰低牟炽，逆箭长垂锁甲裙。
遥望汉王招手骂，发言可以动乾坤。①

这里的叙述是七言纯唱式，同时还用赋的手法铺叙战前场面，很有文人气息与技巧。可以说，无论从体制与文义上都与子弟书甚为接近。惟一细小差别在于子弟书每句从七字到几十字不等，更为自由而已。词文至宋而发展为陶真；元明发展为词话。陶真今无资料，暂且不论，词话是元明时极为盛行的说唱艺术。元《通制条格·杂令》记载有“至元十一年……顺天路束鹿县镇头店聚约百人，搬唱词话”之语。② 著名者如明代长篇词话《大唐秦王词话》，但此书中韵文诗句并不太多。值得注意的是 1961 年上海嘉定县出土的十六种短篇词话。它们的体制中，唱词占的比例都很高，很多达到了七成以上。而其中一篇叫做《包龙图断白虎精传》的词话则全篇纯为诗赞体唱词。如开篇几句：

自从盘古分开地，几朝天子几朝臣？

---

① 刘光民：《古代说唱辨体析篇》，首都师范大学出版社 1996 年版，第 22 页。
② 同上书，第 185 页。

几朝君王多有道，几朝无道帝王君？

太祖太宗真宗帝，四帝仁宗有道君。

……

王有道时臣有德，至今朝内出贤人。

文官只说包丞相，武官好个姓杨人。[1]

全篇结尾处还有四句诗篇，这里的开头结尾都与子弟书的开头结尾诗篇体制接近。

词文与词话基本奠定了子弟书纯唱的诗赞体制。那么，子弟书的灵活句式又是从何处形成的呢？这就不得不提到它的近宗——鼓词。“唱鼓词者，小鼓一具，配以三弦。二人唱者，谓之鼓儿词，亦有仅一人者。京津有之。大家妇女无事，辄召之使唱，以遣岑寂。”[2] 著名的有清初山东人贾凫西的《木皮散人鼓词》。他的鼓词中韵散兼有，而且有的章节中说白还占据多半的篇幅，似与子弟书纯唱的形式有一定距离。但是，与远祖词文等比较起来，其鼓词在两点上更接近子弟书：一是文人独立创作的曲艺形式，颇有文人气息，这与子弟书的文人倾向不谋而合；二是鼓词中每句的字数不再固定于七字七言，而是七字到十几字不等，句式更加灵活，这与子弟书的句式可谓更加接近。如他的《历代史略鼓词》“引子”部分：

凿破浑沌作两间，五行生克苦歪缠。

兔走乌飞催短影，龙争虎斗耍长拳。

生下都从忙里老，死前谁会把心宽。

一腔填满荆棘刺，两肩挑起乱石山。

试看那汉陵唐寝麒麟冢，只落得野草闲花荒地边。

倒不如淡饭粗茶茅屋下，和风冷露一蒲团。

科头跣足剜野菜，醉翁狂歌号“酒仙”。

正是那日出三竿眠未起，算来名利不如闲。

---

① 《明成化说唱词话丛刊》，朱一玄校点，中州古籍出版社 1997 年 8 月版，第 252 页。

② 《清稗类钞》音乐类“鼓词”条。

从古来争名夺利落了个不干净，叫俺这老子江湖白眼看。①

这里七言、十言句相杂。在该鼓词中还有八言句、十一言句等等，句式相当灵活，语言清丽流畅，而且常用开头句如“倒不如”、“正是那”等在子弟书中可经常看到。因此，子弟书从贾凫西的鼓词中汲取了不少营养应无疑。

在词文、词话、鼓词的世代积累之下，子弟书的体制可谓最终成熟定型。然而这里似乎还缺少一些什么。句式、唱体已固定，而它的那种独特缠绵情思、温婉华美之境又是否另有源头呢？南方的弹词，尤其是木鱼书可为我们提供一些线索。木鱼书是明清时流传于广东的一种曲艺，又名“摸鱼歌”等，《广东新语》载：“粤俗好歌……其歌之长调者，如唐人《连昌宫词》、《琵琶行》等，至数百言千言……名曰‘摸鱼歌’。或妇女岁时聚会，则使瞽师唱之。”② 木鱼歌有用粤语演唱的形式，为龙舟歌；也有用官话写成的另类形式，叫南音，多为文人创作。许多南音木鱼书文词雅致，文笔优美，如著名的《花笺记》，系明代作品，为纯唱式七言韵文诗体。试举其中一段：

芸香碧月知娘恼，近前携姐出园行。
瑶仙漫举金莲步，开了园门共婢行。
步出花边翘首望，嫦娥孤影照愁人。
低头细想当年事，圆圆珠泪湿罗衿。
记得共郎相会处，明月娟娟照玉人，
一心只望为夫妇，谁知两下拆离群。
柳荫哭别人何处？杳无音信到于今。
无缘却负花间誓，从此相逢陌路人。
衷情欲诉凭谁寄？玉容憔悴为思君。
桃花空对春风落，流水天台何处寻？

---

① 贾凫西：《历代史略鼓词》，见刘光民：《古代说唱辨体析篇》，首都师范大学出版社，第274页。

② 屈大均：《广东新语》，转引自刘光民：《古代说唱辨体析篇》，首都师范大学出版社，第299页。

谁怜今夕相思苦，对月长嗟忆远人。[①]

这里的语言颇有境界，优美蕴藉，与子弟书中许多女性月夜抒情时的文词非常接近。大段的心理描写，情景交融的长段描写都是以前的说唱艺术中几乎找不到的，而与子弟书相类。从这些例子上看，子弟书与木鱼书可谓是“君心似我心”，极似出于一脉。有理由相信，南音木鱼书对子弟书的形成有着不可忽视的作用。许多学者在谈到木鱼书时，都提到后来子弟书文词对它的影响，但笔者却坚信，先是木鱼书语言文词影响了子弟书，而后在清中叶之后，子弟书的文词才影响了木鱼书（子弟书许多唱词被木鱼书改编）。《花笺记》虽出于南方，但它流传却极广，甚至19世纪传入欧洲，歌德亦颇喜爱。[②] 在当时被称做“第八才子书”。因而遥远的距离并没有成为传播的障碍。流布如此之广，京城八旗子弟受其影响，当有可能。

综上所述，子弟书之渊源，可画表如下：

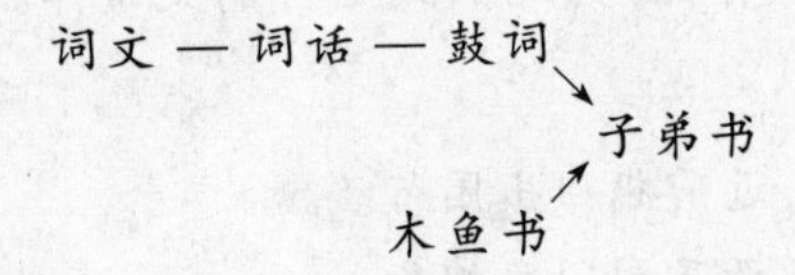

子弟书吸收了词文、词话中的纯唱体制，木皮鼓词的灵活句式，并夹裹着木鱼歌的雅驯情思，从而开创出新的说唱时代，酝酿出新的艺术之花。它包蕴古今之艺术精华，贯通南北之情词文理，呈现出博大的包容性。《书词绪论》的评者，嘉庆时人李镛在谈到子弟书时，不是直接说之，而是先说自己对各种曲艺的爱好：“凡昆曲，南词，以及粤调，楚腔，无不涉猎。”而后才提到自己在京城“得闻所谓子弟书者”。李氏胸中先有了南北之曲而后才有了对子弟书的接触，可见这些子弟书的爱好者均涉猎广泛，包括“粤调”等南曲。《书词绪论》认为子弟书的起源，“书者，先代歌词之流派也”[③]。

---

① 薛汕校订：《花笺记》卷四，文化艺术出版社1985年版，第43页。
② 薛汕校订：《花笺记》，文化艺术出版社1985年版，第3页。
③ 顾琳：《书词绪论》，收入关德栋、周中明《子弟书丛钞》，第821页。

这里的歌词亦包括鼓词。《子弟图》中所云:“因评论昆戏南音推费解,弋腔北曲又嫌粗。”可见,初创子弟书的八旗文人并非是闭门造车,而是在对当时多种流行曲艺艺术了解的基础上而另起炉灶的。

第三节　子弟书的体制

一、“回”与“落”

从现存子弟书看,一般以回作为划分章节的标志,个别则以卷划分。[①] 第一回一般称做“头回”,依次而下称做二回、三回等。也有少数不叫头回,而叫“一回”者,如《绣香囊》、《击鼓骂操》便如此。另外,每回一般均不标明题目,但也有少数例外。如《蝴蝶梦》共四回,均标明“头回幻化、二回扇坟、三回说情、四回劈棺”。[②] 子弟书的篇幅大都不是很长,二三十回的已算长篇,仅有少数几篇达到了二十回以上,大多数在十回以内,以中短篇居多。

子弟书的基本体制是,无论回数多少,通常在头回之前,都是以一首八句诗篇开头,篇首均标明“诗篇”字样。诗篇或为整齐的七言,或每句字数不等。但也有例外,如《花别妻》三回,开头有三首诗篇。《全悲秋》五回,开头竟有五首诗篇。而《宝钗代锈》仅一回,开头却有三首诗篇。前两例疑是将每回的诗篇移至开头所致,第三例则不知其原因。正文之后有时会有诗篇,有时则无。其变体有以下几种:

1. 诗篇 + (头回 + 二回 + 三回 + ……)

此体制全篇仅有开篇诗篇一处,位于头回之前。

2. (头回诗篇 + 正文) + (二回诗篇 + 正文) + (三回诗篇 + 正文) + ……

此体制诗篇随回数而增多,且都位于每回之内,如《花木兰》共六回,每回的开头都有诗篇,共六处诗篇。

3. (头回诗篇 + 正文 + 回尾诗) + (二回诗篇 + 正文 + 回尾诗)

---

① 北师大图书馆藏《卖油郎独占花魁》子弟书较独特,以上卷、下卷来划分。

② 张寿崇主编:《子弟书珍本百种》,民族出版社 2000 年版,第 13 页。

+(三回诗篇+正文+回尾诗)+……

此体制每回都有两处诗篇:回头诗与回尾诗。如《雷峰塔》八回,每回开头与结尾均有诗篇。《渔家乐》七回亦如此。

4. 正文(头回+二回+三回+……)

此体制通篇没有开头诗篇或回尾诗,仅存正文。如《八郎探母》全二回,无诗篇开头;《玉簪记》全十八回,竟无诗篇开头。

子弟书有一种较特殊的结构体制——"落"。"落"比"回"单位要小,每回中要包括好几"落"。落有些似段落,每落就是一小的语段。关于落,前人未见论说,亦未出现在现存子弟书中,但笔者从天津图书馆所藏《子弟书三种》中却发现了"落"的存在。该书在《徐母训子》子弟书之后附有一名叫林兆翰的人所写的后记,中云:

> 按韩小窗先生,在前清康熙年间,所编子弟书甚伙。每回有八起八落者,有十起十落者,此回《徐母训子》本系十起十落之格。惟第一段意在浑写大概。

考《徐母训子》,恰可分为八句一落,共十落(不包括开头诗篇)。子弟书每落均为八句,这是较固定的格式,但每回究竟有几落并没有统一的标准。天津图书馆藏《子弟书》抄本,共收15篇作品,其中有些篇章直接在篇名后标明落数。现抄录如下:

《望儿楼》九落

《托孤》十二落

《荣归》十落

《长坂坡》头回十落 二回十落

《别女》十落

《赶斋》八落

《入府》十落

由此可知,子弟书每篇都是应有落数的。子弟书的"落",作为一种结构单元,每落包括几句,每回有几落是不太固定的。最标准的格式应为:每回八落或十落,每落均为八句,如《徐母训子》。八句一落虽为标准格式,但因创作人员及演唱等关系,随时会发生变化。下以《红拂私奔》(“百本张”抄本)为例,说明段落的复杂性。此抄本均在每落最后一字的左下角用“L”划出。

一回:8句、8句、12句、10句、14句、8句、10句:共八落。

二回:8句、8句、10句、10句、8句、8句、8句、10句、12句:共九落

三回:10句、10句、10句、8句、8句、10句、10句、8句:共八落

四回:8句、8句、14句、10句、12句、10句:共八落

五回:12句、10句、8句、12句、10句、6句:共六落

六回:4句、12句、10句、10句、12句、14句、8句、10句:共八落。

七回:10句、12句、8句、14句、8句、12句、8句、12句、12句、12句:共十落。

《红拂私奔》典型地呈现了“落”的变异性、多样性。每落的句数从四句至十四句不等,落数也从六落至十落不等。可以说,绝大部分子弟书的落句数及落数均在这一范围左右变化。当然,落数变化要比句数变化大,如《绣香囊》抄本,共四回,但每回句数极多,以每八句为一落来计算的话,每回竟有八十落之多!由此看,“落”并非死的标准而是随篇章而变。子弟书在这一结构单位体现出极好的辩证原则,以落为单位规划、统一文章,同时又让落随意增减,随情而舒卷。落融合了统一性与灵活性,正体现出此种艺术文化的独特魅力。

当落很难以八句来划分时,子弟书的抄本以一种特殊的落目符号来为读者标明落数。据笔者翻阅,很多抄本几乎都用朱笔“L”这一小的符号来划分落。它一般附在每落最后一字的左下角,从而使读者一眼可看出。这样不仅便于划分段落大意,弄清每回的结构,而且也便于演唱者清楚何处停顿,犹如现在歌曲的段的意义。至于是否子弟书的段落表明同一唱腔曲调的重复,因缺乏证据,未知确否,可备一说。

落并非子弟书所独有,在快书这种曲艺形式中,也常有落。不过,子弟书的落是隐性的,需由读者自己领悟或凭经验揣摩;而快书中的落已成为显性的符号,甚或成为曲调、节调、板数的名称。现存快书《削道冠儿》在文中明确标示出[头落]、[二落]、[三落]字样,《血带诏》则标出[头落春云板]、[二落春云板]、[三落春云板]、

[四落说白]、[五落连珠调]。[1] 以快书之落为佐证可间接推论出子弟书落数的真正含义。现存三十几种快书,几乎每种都明确写出了板落名称,恰巧快书又是从子弟书中分化出来的,两者有着千丝万缕的联系。如去掉快书中的板落标记,则其文字很难与子弟书区别开,这对于考察子弟书有极好的帮助。

赵景深在讲到快书时说:

> 正文的三落也有书作五落的,例如《血带诏》在《文明大鼓书词》第十九册里就书作头落春云板,二落春云板,三落流水板,四落连珠调,五落连珠调。究竟要多少句或什么情形之下才算是一落,实不可知。按百本张钞本《快书工尺谱》,春云板是两句一个调子从头来回翻,流水板是四句一个调子从头来回翻。连珠调也是两句一个调子从头来回翻。倘以每两句或四句为一落,则每种快书至少该有几十落。再依《血带诏》的实例来看,则头落春云板为十四句,二落春云板便是二十八句,每落似又不限定句数;……我以为落的分划是使人迷惑的,不如一律称做一落春云板、二落流水板、三落连珠调为妥。[2]

落虽“迷惑人”,但从此可看出,快书的落与板数是相关连的,甚至就是指同一事物。“头落春云板”不正说明落数即表示板名、板数吗?由此可推断,一落即一板或几板的重复。如不同的落可表示不同的板名,也可仅表示一个板名,如车王府本《血带诏》头三落均指同一板:春云板。还有学者认为,“每本快书,通例为前述之三落,若故事较长者,三落歌曲,不足以尽之,则每调均可重叠数阕”[3]。还有学者认为,“快书之体制,通常是一板一落”[4]。快书每落一般均比子弟书要句数多,字数也多,多为十几句、几十句一落,而不像子弟书那样,六句、八句即为一落。落在快书那里是从子弟书继承过来而发展了的。子弟书的落,极有可能也是一种板数,一

---

① 参见陈锦钊:《快书研究》,1982年。
② 赵景深:《曲艺丛谈》,中国曲艺出版社1982年版,第155—156页。
③ 傅惜华:《曲艺论丛·北京曲艺概论七》,上海文艺联合出版社。
④ 陈锦钊:《快书研究》第三章“快书之体制”,第79页。

落一板或数落一板，不断重复，而后形成完整的篇章。落为板数无疑，只是具体的板名需进一步论证。

二、特殊体制：满汉兼与满汉合璧

子弟书的体制曾有过极特殊的形制，即用满汉两种文字进行书写的体制。这种体制对于研究清代两种主流语言的融合有极好的帮助。满汉兼子弟书有一种，即《螃蟹段儿》，每句中有的文字用汉语，有的文字用满语，如不懂其中一种语言，则无法阅读全篇；满汉合璧子弟书亦只一种：《寻夫曲》，每句分别用满语和汉语进行对照书写，两种语言可以相互参照。这些特殊的形式说明在子弟书的历史上曾是满汉文兼用。

八旗最早是用本族语言——满语，本族人叫“清语”、“国语”。《鸳鸯扣》子弟书中说“外面是清话清语齐翻多热闹”即指此。但入关日久，汉语兼熟，遂出现此种体制的子弟书。具《大连发现清宫秘档揭开真相，曹雪芹父亲因骚扰驿站获罪》一文所云，大连市图书馆存有清宫总管内务府收存的清代诏令、奏章、外国表章、历科殿试试卷等2015件，内有顺治、康熙年间物861件，皆满文；雍正、乾隆年的1190件，皆“满汉合璧”。[①] 嘉庆时旗人戴全德在其《浔阳诗稿》自序中说：

> 余以习国书，直入内廷。于汉文初未究析。已而恭承盛简，巡醝视榷，历仕于外，凡案牍皆汉文，因而留心讲习，垂二十年，稍得贯串。[②]

《浔阳诗稿》写于嘉庆三年，作者说他二十年来在满语的基础上研习汉文，当是乾隆朝的事情。另外，在此书中，还有满汉兼的“西调小曲”。另具史料，乾隆曾云，立国“百有余年，累洽重熙”，满汉“语言风尚渐渍”，乾隆三十九年(1774)申谕，驻防兵丁因“住居外省日久，于本地语言，虽微有随同，而旗人体态则不能更改”。五年后，他接近营地时，发现“清语生疏，音韵错谬”，“音近汉人语

① 见1986年7月5日《人民日报》。

② 转引自关德栋：《曲艺论集》，上海古籍出版社1958年版，第94页。

气"，当即训"务令吻 合满洲正韵"[1]。《新疆满族调查报告》中说，乾隆二十年(1755)到四十年(1775)之间，向各地派出满洲官兵眷属数万人，这些从各省来的旗人"已经不采用本民族语言"，只是在有的句子中"夹杂个别的满语词汇"，驻新疆的满营官兵长期"学习满汉两种文字"。[2] 这些资料表明，乾隆时期是满汉语言的重要转折时期，此前的八旗人多以满语为主，此后则更倾向于汉语，以至清朝末期满语退出了日常交际的舞台。"二百年间，满族人悉归化于汉俗，数百万之众，佥为变相之汉人，并其文字、语言为立国之精神。……满族人乃自弃之。皇帝典学尚知国语，余则自王公大臣以下，佥不知其何物矣。"[3]

乾隆时满汉兼重，由此出现了满汉兼及满汉合璧子弟书。在乾隆朝前后，都有满汉合璧或满汉兼的书写方式的文艺形式。如《儿女英雄传》中就有不少的满语。因此，有学者认为这种形式是子弟书的最初体制：

> 原来子弟书的形式都是这样的。以后兼用满洲语的唱法渐渐唱不上了，而且汉族作家也渐渐写子弟书，汉族唱书的也讲唱起来，因此满汉合璧的唱本也一年比一年减少了。尤其是到了满族(女真族)自由讲起汉语来的时候，《三国演义》、《水浒传》、《金瓶梅》、《西游记》等满汉合璧的小说戏曲的本子就没有了。[4]

从这种体制也可推出《螃蟹段》与《寻夫曲》写作的大致年代，应在乾隆时期，至少不晚于嘉庆初年。两种文字形式出现于同一文艺，其实前朝也有。元代的杂剧中偶尔也会掺杂些蒙语词汇，但不成体系。只有在清代特殊的文化条件下，才出现了满汉并举的文艺现象。这一方面体现出汉语的强大，广大满族文人渐趋汉化的倾向；另一方面也说明了清语(满语)在早期的流行及主流语体

---

① 《清高宗实录》卷九七〇，台湾华文书局影印，第14235页。

② 转引自滕绍箴：《清代八旗子弟》，中国华侨出版社1989年版，第69页。

③ 刘体仁：《异辞录》卷四，见《清历史资料丛刊》。

④ 〔日〕波多野太郎：《满汉合璧寻夫曲校证》，日本横滨市立大学1973年版，第28页。

的地位。一种是自幼习得的母语,一种是众心所向的语言,它们的交汇与融合正通过子弟书的特殊体制留下了痕迹。

第四节　子弟书作家群

据现存资料考证,子弟书有名有姓的作家有二三十名。这些人的身份许多都是八旗世家出身,饱读诗书。“苟非名家巨手,何能成此绝妙好词”(《绿棠吟馆子弟书选·序》)。这些作家的名字没有昭显在书名之下,而是巧妙地隐含于曲文之中,由人揣摩。如《玉香花语》“叙庵氏挑灯描写红楼段,喜迟眠把酒捉毫消夜长”,可知此书作者为叙庵氏。又如文盛堂本《蝴蝶梦》最后四句:“春花秋柳君休恋,树叶梅枝草上霜。斋藏圣贤书万卷,著写奇文字几行。”这是一首藏头诗,撷取每一句的第一字便是“春树斋著”,作者姓名便出来了。子弟书作家们喜爱与读者们玩这种文字游戏,以至于今天的人们得仔细品味才可追溯其名。但即使这样,子弟书的作家的真实身份仍似是而非,很难寻找到他们的真实名姓,宛然若“在水一方”,让人们可望而不可即。即使找到的名字,也多半是笔名之类,这使子弟书作家们多少增加了一种神秘朦胧之感,也为后人的研究带来了麻烦。在传统的文化视野中,曲艺是比小说、戏曲更偏远的边缘艺术,颇有让文化人不屑一顾的感觉,因而大量曲文不知作者的姓名。子弟书也有类似情形。值得说明的是,与其他北方俗曲不同,子弟书中大量优秀作品的作者并非一般民间艺人,而是蕴含文人气质的八旗子弟。这样,当我们讨论子弟书时,便拥有了一般曲艺所不具备的文人息息相通的感受,直可列入文化精英之列。

子弟书作家群体秉承相同文化渊源而因气质、习性、经验等不同而呈现出缤纷的个性色彩。他们或沉郁内敛,或诙谐高昂,具体而言可划分出三类或三个派别:缠绵温婉的情采派,悲愤激昂的呐喊派及幽默风趣的诙谐派,下面一一论之。

情彩派作家多写男女之情爱,用笔细腻优美。代表作家是子弟书早期泰斗罗松窗。罗松窗,乾隆时人,现存子弟书最早刻本《庄氏降香》便出于他的手笔。《逛护国寺》子弟书中说“那芸窗松窗亦称老手甚精该”。这是同行作家对他的评价。其作品，已确定的有约13种，它们是《庄氏降香》、《罗成托梦》、《红拂私奔》、《翠屏山》、《游园寻梦》、《离魂》、《闹学》、《玉簪记》、《百花亭》、《李逵接母》、《藏舟》、《长生殿》。罗松窗作品常取某一片段加以大肆渲染。如《庄氏降香》，用很长的篇幅细致地描写庄氏月夜上香祷告的细节活动、心理动态，文笔柔美，颇有以静制动、以情感人之功力。又如《离魂》中杜丽娘自语：“怎奈这生就的情根子下作心。世上惟有情思重，分明知道不由人”等。可看出松窗非常强调“情”。又如《长生殿》：“只因为裴家妹子在曲江侍宴，奴也非是妒皆因感君的恩我太情痴”，刻画出了杨贵妃的一片情深。《贵妃醉酒》中杨妃醉后竟拉一年轻太监欲亲热，忽而又梦到安禄山，对她情的压抑与宣泄写的入骨三分。《鹊桥盟誓》中唐玄宗对杨妃所说：“我把你当做心肝当成肺腑，不仅是亲近于肌肤供养在眼皮。”把玄宗的情写得生动清奇，以至于许多其他作家也纷纷模仿这段曲词，如《续俏东风》中“我将你手掌上轻擎眼皮上供养，心坎上温存脚步儿上追随”句，显然是从前者化用而来。正因此，他被列为子弟书“西调”的代表人物。西调在子弟书中以写缠绵之情而见长，对后世的子弟书作家有深远影响。

罗松窗对西调起了开创作用，在其影响下，聚集了许多人，他们是：

渔村，作品有《天台传》、《胭脂传》。

西林，作品《三难新郎》

沧海，作品有《绣荷包》

云崖，作品有《梦榜》

叙庵，作品有《玉香花语》

云田，作品有《探雯换袄》

悲愤派作家形成了子弟书作家群的另一大类别。此派作家中，虽也有不少情采之作，但更侧重于从现实社会的各个不同侧面描写广阔的历史与现实，笔触所及更为深远。此派中优秀作家较多，代表人物有韩小窗和鹤侣。

韩小窗在所有子弟书作家中可谓名声最大，现存作品也最多。据《逛护国寺》子弟书云：

论编书的开山大法师还数小窗得三昧，那松窗芸窗亦称老手甚精该。

竹轩氏句法详而稳，西园氏每将文义带诙谐。

那渔村他自称山左疏狂客，云崖氏西杭氏铺叙景致别出心裁。

这些人俱是编书的国主可称元老，亦须要雅俗共赏合辙够板原不是竟论文才。

韩小窗最受后人推崇，但其生卒年说法却颇有出入。胡光平《韩小窗生平及其作品考查论》认为，“由此推算，韩小窗应生于道光二十年(1840)前后……死于何年不明，推想是在光绪二十年左右”①。他推断的生卒年为1840—1896年。但现在许多学者根据韩小窗作品创作流传于子弟书早期而认为应为乾、嘉时人。笔者认为，韩小窗活动年份应不晚于乾、嘉，甚至极有可能是康、雍时所生，活动主要在乾嘉年间。主要论据如下：

1. 天津图书馆藏《子弟书三种》中《徐母训子》后记云：“韩小窗先生在前清康熙年间。”《长坂坡》题：“北京韩小窗先生原本。”

2. 北师大藏《千金全德》子弟书后记题：“韩小窗，北京人，是书成于康熙间，盛行乾隆时代。”

3. 首都图书馆藏《绿棠吟馆子弟书选》序说：“实韩小窗先生手自制则谓子弟书始自韩氏殆无不可。先生者，嘉道间尝游于京师东郊之青门别墅所谓拐棒楼也者。”又云“惟韩小窗先生实开先河。先生隶汉军旗籍人。……所制之曲人争传诵，纸贵一时。”

首图抄本《子弟书》在《千金全德》后记中说：“道光二十五年七月初旬，得书于宣武门内挂货铺掌柜李手。”《千金全德》乃韩小窗名作，然有人在道光二十五年得到此书，那么韩小窗绝不可能生于道光二十年。

---

① 胡光平：《韩小窗生平及其作品考察论》，载《文学遗产增刊》第12辑。

还有一些资料也提供了相应的论据。如光绪乙巳会文堂本《露泪缘》中有道光年间二凌居士所题"前人韩小窗所编各种子弟书词,颇为脍炙人口,堪称文坛健将,乃都门名手"。则韩小窗应为道光以前人。综上所知,韩小窗至迟应为乾嘉时人,汉军旗人,北京人。[①] 其作品有《草诏敲牙》、《下河南》、《滚楼》、《齐陈相骂》、《千金全德》、《红梅阁》、《宁武关》、《刺虎》、《徐母训子》、《白帝城》、《周西坡》、《骂城》、《得钞傲妻》、《续钞借银》、《哭官哥》、《一入荣国府》、《露泪缘》、《芙蓉诔》共十八篇。其他如《卖刀试刀》、《官衔叹》、《票把儿上台》、《梅屿恨》《慧娘鬼辨》、《数罗汉》、《绿衣妇》、《宫花报喜》、《十面埋伏》、《旧院池馆》、《双玉听琴》、《宝钗代绣》、《会玉摔玉》、《全悲秋》、《青楼遗恨》、《走岭子》、《望儿楼》、《合钵》、《二入荣国府》、《遗春梅》三十七篇则被认为极可能为小窗作品。[②] 从上述作品看,韩小窗的创作有以下几个特色。

第一,题材广泛。韩小窗既有悲痛的历史之作《红梅阁》、《草诏敲牙》,也有轻松幽默的作品如写刘姥姥的《一入荣国府》,既有写爱情悲剧的宏伟长篇《露泪缘》,又有感叹时世的《得钞傲妻》。各种题材各种篇幅,各种美学风范的作品在他手中均可融于一炉,幻化出无限的文思妙意,堪称文武双全,婉约与豪放兼而有之。

第二,韩小窗的作品以悲愤之情见长,笔墨酣畅,给人以极大的震撼力。其名篇《徐母训子》描写徐庶之母教训徐庶时的怒气冲天:"老太太怒气填胸威凛凛的哭声凄惨惨地叹,当啷啷玉簪坠地乱蓬蓬的白发气忿忿地挠。咯嗒嗒体似筛糠飘摇摇衣袖呼啦啦地抖,扑簌簌泪如雨下滴答答的热血一双双地抛",让人如见其状,如闻其声。韩小窗很重视传统道德的宣扬,这在子弟书作家中较为突出。其重德之文很多,如《徐母训子》写节烈之母,《千金全德》写节烈之女,《草诏敲牙》写忠烈之臣,《宁武关》写忠烈之将,题材内容并无新鲜之处,但他却很善于以人之情思、人之伦常来细致地加

---

① 但也有学者认为不是北京人,如傅惜华在《子弟书总目》中说韩小窗是沈阳人。看来韩小窗的祖籍是沈阳也未可知,但他主要活动于北京是无疑的。

② 见黄仕忠:《车王府钞藏子弟书作者考》,收入刘烈茂、郭精锐:《车王府曲本研究》,广东人民出版社2000年版。

以刻画，再加上以气贯之的本色语言，从而以气血之情动人，颇有些似子弟书中的关汉卿。这种情感的冲击与震撼，再加上熟练的文笔，从而使其作品达到了很高的境界。他的《千金全德》、《宁武关》至民国期间仍在民间传唱(见天津图书馆《子弟书》)，足见他的魅力。

第三，韩小窗的作品巧思妙想，会调动各种修辞技巧，从而使曲文达到至善至美的境界。如《露泪缘》、《芙蓉诔》善于长段的铺叙，将人物心理渲染得淋漓尽致，如泣如诉，子弟书的语言技巧在他这里达到最充分的体现(详见第二章第一节的论述)。

此派另一代表人物是鹤侣。鹤侣的身世今人考证最为详细。主要有《子弟书作者鹤侣氏考》①，《鹤侣和他的子弟书》②，及《子弟书作者"鹤侣氏"生平、家世考略》③。鹤侣原名爱新觉罗·奕赓。清朝贵族中叫奕赓的有两人："庄亲王绵课之子奕庚，绵宜侍郎之子亦名奕赓。二人虽不同时，此则宗人府失察之过。"④ 学者考证鹤侣当为庄亲王绵课之长子，约生于乾隆五十七年，卒于同治元年左右。即1792—1862年。道光十一年(1831)至十六年(1836)曾任侍卫六年。虽贵为世家，却适逢家道中落，一生并不得志。其作品极少风花雪月之风情，更多的是身世之感带来的自嘲与自叹。其作品共25篇，数量仅次于韩小窗。如下：

自传类作品7篇，它们是《鹤侣自叹》、《老侍卫叹》、《侍卫论》、《女侍卫叹》、《少侍卫叹》、《假老斗叹》、《逛护国寺》。

社会习俗及时尚小戏改编作品共7篇，《借靴》、《赶靴》、《刘高手探病》、《疯和尚治病》、《风流词客》、《苇莲换笋鸡》、《集锦书目》。

改编古典小说、戏曲作品共8篇，即：《党太尉》、《柳敬亭》、《孟子见梁惠王》、《齐人有一妻一妾》、《黔之驴》、《何必西厢》、《挑帘定计》、《痴诉》、《凤仪亭》、《梅花梦》、《寄信》。

---

① 贾天慈：《子弟书作者鹤侣氏考》，1947年10月24日《华北日报》。

② 宋和平：《鹤侣和他的子弟书》，载《民族文学研究》1984年2期。

③ 康保成：《子弟书作者"鹤侣氏"生平、家世考略》，收入刘烈茂、郭精锐：《车王府曲本研究》，广东人民出版社2000年版。

④ 崇彝：《道咸以来朝野杂记》，北京古籍出版社1982年版，第23页。

鹤侣氏作品最突出的特色是“自传类”的慨叹作品较为生动、鲜明。他并不同于松窗对男女情爱的叹惋，也不同于小窗对忠臣烈子气节的激情共鸣，而是将笔墨更多地放在对“浮生若梦”自我人生的深切缅怀与嘲讽上，从其作品中我们会看到清代满族文人那种特有的起伏人生。平心而论，在几位大家中，鹤侣氏的语言技巧是很平常的，作品中很少优美动人的故事情节，而是将繁华与凄凉、高深与平庸融于一炉，让读者在那片刻的理性张扬中体会个体生命的价值。如《鹤侣自叹》云：

> 这如今事事无成皆画虎，平生豪气尽消搦。
> 髦毛短处人应笑，脾肉生时我自嗟。
> 说什么煮酒论文谈志量，我只有野老农夫问桑麻。
> 说什么万言策论陈丹陛，我这里没齿甘为井底蛙。
> 说什么高攀桂树天香远，我这里只向荒山学种瓜。
> 说什么玉宇遥池霓裳曲，我这里半夜山村奏暮笳。
> 说什么浅斟低唱销金帐，我这里柴米油盐酱醋茶。
> 休提那丝联枫陛银潢派，休提那勋铭盟府五侯家。
> 这如今貂裘已敝黄金尽，只剩有凌霜傲骨冷牙槎。
> 我怎肯多买胭脂将牡丹画，只我这栖老寒巢一枝斜。
> 我虽不肯自抑襟怀生嗟叹，也未免午夜扪心恨无涯。
> 昊苍生我诚何意，举世难将傲眼发。
> 七尺顽躯如沤影，如虹浩气贯云霞。
> 万斛愁肠从何寄，千行痛泪洒襟袷。
> 鹤侣氏一段愁肠只自写，也当是浔阳江畔商妇琵琶。

鹤侣氏在其改编的作品，如《借靴》、《黔之驴》等中，亦表达出对社会的嘲讽及人情世态的揶揄。他的子弟书作品倾向文化反思与身世感慨。在子弟书作家中可谓独树一帜。

这一类的作家还有：芸窗，作品有《渔樵问答》、《渭水河》、《林和靖》、《武陵源》、《遣晴雯》、《刺汤》、《钟馗嫁妹》、《卖刀试刀》、《梅屿恨》；二酉，作品有《碧玉将军》；韫椟，作品有《续灵官庙》；恒兰谷，作品有《为票嗽夫》；古香轩，作品有《续骂城》。

诙谐派是子弟书作家群的第三大派别。《逛护国寺》中提到"西园氏每将文义带诙谐"。代表作家是西园氏，是子弟书中的元老级人物。据考证，其人本名王志翰[①]，生平未详，他的作品多用轻松幽默的笔调描写世态人情。作品有十三种。代表作品《阔大奶奶听善会戏》、《阔大奶奶逛二闸》描写贵妇之出游，文义诙谐有趣。《先生叹》描写教书先生"念的是《三字经儿》《百家姓》，若要是教到《论语》我就难"。此先生不仅文化不高，而且还为写错别字发愁："为别字无奈之何我查过字汇，急的我两眼发离汗似泉。"犹如一幅漫画，将教书匠的酸腐写的滑稽可笑。其作品还有《长随叹》、《为赌嗷夫》、《烧灵改嫁》、《武乡试》、《赵五娘吃糠》、《张格尔造反》、《钟生》、《全彩楼》、《金印记》、《桃洞仙缘》。

此派其他作家有：竹轩，作品有《打面缸》、《送盒子》、《厨子叹》、《查关》、《盘盒》、《救主》、《拷玉》、《炎天雪》、《芭蕉扇》、《僧尼会》等；蔼堂，作品有《一匹布》、《背娃入府》。他们的作品多取材于民间小戏，活泼风趣。

第五节 子弟书的没落及文化意义

如盛开的花朵最终走向了枯萎，如广零散的湮没无闻，亦如中国历史上任何一代的文艺，汉赋、唐诗、昆曲等一样，子弟书在二百年后终于呈现出了它的衰败与无奈。在20世纪初尤其是20世纪三四十年代以后，几乎没有人再能听到子弟书的演唱，没有子弟再去倚窗写曲了。子弟书真正成为明日黄花，任人凭吊与叹惋。子弟书留下了悠远的传奇，也留下了后人对它美丽倩影的理性思索。细细揣摩，子弟书的没落具有深刻的反思意味。

首先，子弟书的没落直接缘于其创作主体的没落。这是无法回避的因素。子弟书的创作主体为八旗子弟，两者颇有唇齿相依的联系。而随着清王朝的颠覆，八旗子弟也随之逐渐消亡。固然民

① 见黄仕忠：《车王府钞藏子弟书作者考》，收入刘烈茂、郭精锐：《车王府曲本研究》，广东人民出版社2000年版。

国以后仍有人以八旗自居，但根本形不成整体的文化群体。主体身份的消亡必然对文艺创作产生极大的震荡。子弟书伴随着风雨飘摇的主体状况而逐渐湮灭了。所谓皮之不存，毛之焉附。

其次，子弟书形式过于典雅，也促成了它的衰亡。这是其自身的原因。如果说创作群体的消亡是客观因素的话，这是它的主观因素。其实八旗的消亡并不一定直接造成子弟书的消亡，像旗袍反而在八旗无存之后经过改良有了更大的流传。艺术自身是否适宜时代是其生存发展的重要因素。子弟书本身似乎自我感觉太好了，从没有想到改革发展的事宜，依旧是满足于封闭的自我陶醉之中，以至于到了后期，形式滞留不前，毫无新意可言。最集中的体现就是词章过于典雅，音乐形式过于缓慢拖沓，没有人喜欢。缓慢的节拍经由老年的瞽者咿咿呀呀地唱出，其结果可想而知。启功先生幼时听的子弟书，唱法“沉闷”。[①] 另外它的语言辞藻堆砌严重，阅读上也没有新意。其实不光子弟书，历史上许多文艺形式就是这样消亡的。汉赋后期形式过于堆砌辞藻，最终消亡；唐诗在晚唐时期也走入形式主义的泥淖，最终被更清新的小词代替；昆曲在16、17世纪时期，曾经万人空巷，流传于大江南北，在清中叶后，因形式典雅过甚，演唱缓慢而失去了昔日的辉煌。子弟书同样如此。它没有随时代而思变（至于变后是否更好是另一回事），沉浸于自己的狭窄天地，在保有自我的同时也失去了自我。艺术的发展规律是如此残酷，没有人可以改变。这让人想起许多成功的改良之路，如京剧现代戏的改良，马三立成功开创单口相声，黄梅戏戏路的创新等。历史的现象值得深思。

再次，民间文艺的蓬勃生机使子弟书相形见绌，促成了它的衰亡。子弟书在形成及繁荣时期，众多曲艺向它频频点头，那时它大约从来没想到姊妹艺术是如此的咄咄逼人。清晚期，在北方，许多新鲜的曲艺形式如春笋般冒出，显示出清新的活力。京韵大鼓、梅花大鼓、快书等流行一时。子弟书本可独处一隅，与它们互不相

---

① 启功在《创造性的新诗子弟书》中说：“我听到如果是唱子弟书，立即跑开玩去，可见这种唱法的沉闷程度。”见《启功丛稿》（论文卷），中华书局1999年版，第313页。

干，但要命的是，这些艺术常常借鉴子弟书的长处发展自己。子弟书的许多优秀篇章被它们"偷"拿去，在适当的改动后，产生了良好的效果。再加上这些曲艺许多来自民间（如梨花大鼓源于山东农田劳作休憩时的民间演唱），进入城市后善于发展，具有浓郁的民间气息与大众意识，最终赢得了市井的普遍欢迎。子弟书的优势再也无法独享，它终于知晓后来者居上的道理，最终被挤出了历史的舞台。于是我们今天仍能在许多大鼓等演唱中隐约看到子弟书的身影。人们可以说从客观上讲，这些曲艺受到了子弟书的影响，是子弟书的自豪之处，但有谁能想到子弟书在当年的无奈呢？武侠小说中传说的吸星大法，可将人的精气全部吸走，最终使人毫无抵抗之力。子弟书就是在其他曲艺的吸收之中而失去了自我的。当然，这未尝不是一件有意义的事。艺术之间本来就是相互排斥与吸收的。据陈锦钊先生的统计，子弟书被其他曲艺改编或直接借用的多达 4 个曲种 52 个曲目。[1] 包括京韵大鼓、梅花大鼓、马头调、单弦、快书等。笔者发现，甚至在现代创作的戏曲如越剧中也有子弟书的身影。下试举一例进行对比：

《露泪缘》第五回中黛玉焚稿的文字：

诗与书竟作了闺中伴，笔和墨都成了骨肉亲。

……

细思量总是不学的好，文章误我我误青春。

既不能玉堂金马登高第，又不曾流水高山遇知音。

……

这是我一生心血结成字，对了这墨点乌丝怎不断魂。

曾记得柳絮填词夸俊逸，曾记得海棠起社斗清新。

---

① 陈锦钊：《子弟书之题材来源及其综合研究》，第 255—258 页。其中子弟书被改编的篇目有以下：《水浒》、《合钵》、《拷红》、《活捉》、《祭塔》、《访贤》、《寄柬》、《梦榜》、《骂女》、《摔琴》、《骂城》、《劈棺》、《藏舟》、《谤阁》、《天台传》、《石玉昆》、《出善会》、《打面缸》、《巧团圆》、《全西厢》、《全悲秋》、《百宝箱》、《折西厢》、《长坂坡》、《长随叹》、《高老庄》、《宁武关》、《厨子叹》、《华容道》、《游武庙》、《蜈蚣岭》、《禄寿堂》、《凤仪亭》、《露泪缘》、《东吴招亲》、《昭君出塞》、《春香闹学》、《红娘下书》、《红旗捷报》、《挑帘定计》、《徐母训子》、《庄氏降香》、《连生三级》、《得钞傲妻》、《醉打山门》、《鸨儿训妓》、《调春戏姨》、《双玉听琴》、《西厢书词六种》。以上仅是《中国俗曲总目稿》收录的篇目，实际篇数会更多。

……

曾记得怡红院里行新令，曾记得秋爽斋头论旧文。

越剧《红楼梦》中的文词：

我一生与诗书作了闺中伴，
与笔墨结成骨肉亲。
曾记得菊花赋诗夺魁首，
海棠起社斗清新。
怡红院中行新令，
一生心血结成字。
如今是记忆未死墨迹犹新。
这诗稿不想玉堂金马登高第，
只望它高山流水遇知音。
如今是知音已绝，诗稿怎存。

越剧《红楼梦》随着20世纪50年代电影的放映而走红大江南北，其中的唱词在几十年来一直传唱不衰，其中不少文词借鉴了子弟书。我们是否可将其理解为子弟书的再生？

子弟书的文化意义可从三方面来考察：文体意义，地域文学意义及性别文化意义。在文体上，子弟书对中国传统叙事诗而言具有革新性的意义。从艺术门类划分，子弟书属于曲艺；从其曲本的文体来看，子弟书又属于叙事诗。前人也注意到了其文体的复杂性及其创新性。《绿棠吟馆子弟书选》中说：

子弟书脱胎唐律，步武昆山。

……

三畏曰：元人词曲外，以明末柳敬亭之说书为擅长。至清时有所谓子弟书者，实为一时之创格，清以前所未有也。其书大抵摘取昔人诸小说中之一段故事编演成词。其为文也，则似诗而非诗，似词而非词，别饶风韵。……玩其笔墨则端庄流丽潇洒玲珑兼而有焉，虽李笠翁之十种曲亦未必过之。苟非名家巨手，何能成此绝妙好词。诚弹词中之别开生面者也。

"似诗而非诗,似词而非词"正说明了它的文体来源的多样性。子弟书对叙事诗文体进行了创造性的变革,在中国叙述诗史上占有重要地位。这主要体现在"叙事"与"诗歌"两种艺术方式的重新组合。中国传统的叙事诗从《诗经》开始源远流长,在长期的发展过程中形成两大传统:一是民间叙事诗,如汉代著名的《孔雀东南飞》、《木兰辞》等,语言通俗易懂,充满民间气息;一是文人叙事诗,如唐代白居易的《长恨歌》、韦庄的《秦妇吟》、清代吴伟业的《圆圆曲》等,语言典雅,文人气息浓郁。相对于律诗绝句,叙事诗在传统的诗歌中一直处于边缘地位,并没有很连贯的艺术脉络,但它仍形成了自己的特色。民间叙事诗与文人叙事诗既相区别,又有千丝万缕的联系。清沈德潜《国朝诗别裁集》中谈到吴伟业的叙事诗时说:"梅村七言古专效元白,世传诵之"[①],这是文人间的文体借鉴。贺贻孙称《长恨歌》"其描写情事,如泣如诉",俱是"从焦仲卿篇得来",这是文人对民间叙事诗的借鉴。传统叙事诗句式都比较工整,多为五言长诗或七言长诗。而子弟书却在古典诗歌即将没落的时期以长短参差的话语句式出现,如一阵清风,给叙事诗带来清新的气息,给古典叙事诗以全新的面孔。它的渊源已很难说是民间叙事诗或文人叙事诗这么简单了。因为子弟书吸收了从唐宋开始的说唱曲艺如变文、词话、弹词等文本活泼自由的文体特征,从而为传统叙事诗注入了新的血液,完成了文体的继承与发展。近代人梁廷楠在《曲话》中说"元曲则描写实事,其体例固别为一种,然《毛诗·氓之蚩》篇综一事之始末而具言之,《木兰诗》事迹首尾分明,皆已开曲伎之先声矣"[②],可见中国古典戏曲曲艺与叙事诗体是联系紧密的。元曲的直接来源是当时的说唱——诸宫调。可以说,说唱艺术有意无意间总是在推动文体艺术的创造与发展。传统说唱与叙事诗的携手相伴造就了叙事诗的新发展——子弟书。它将民间的与文人的统一于一体,兼而有通俗与典雅两种风格,而

---

① 沈德潜:《清诗别裁集》(上)卷一,中华书局1975年版,第13页。

② 梁廷楠:《曲话》卷四,收入《中国古典戏曲论著集成》(八),中国戏剧出版社1960年版,第278页。

且更重要的是，它的句式更加灵活自由，每句从七字到几十字不等，使作家的文笔可以畅游其间较少约束。这样，从文体上对叙事诗进行了创新。作为叙事诗而言，既讲究叙事完整的故事情节，又讲究抒情化的艺术境界；既要有散化的生活语言，又要有精炼的诗化辞章。子弟书在这方面做的相当成功。难怪启功先生要将它称为"子弟诗"了：

> 觉得它应叫"子弟诗"才算名副其实。这个"诗"的含义，不止因它是韵语，而是因它在古典诗歌四言、五言、七言、杂言等等路子几乎走穷时，创出来这种"不以句害意"的诗体。①

从地域文学的角度分析子弟书是全新的视角但又有难度。子弟书本不属于任何作家派别，但它的许多篇章又确实不得不让人联想到京味文学。这里暂将其定为"京派作家"。他们的许多作品是紧紧围绕着京城、官位、落没而展开的。京派作家出现于五四新文化运动之后，如果上溯其源的话，可推到《红楼梦》的作者曹雪芹及创作《儿女英雄传》的文康。这两位都有八旗血统，京派的代表人物老舍亦是八旗出身。由此看来，京派与满族八旗子弟很早就结下了不解的姻缘，子弟书的创作从乾隆年间开始至清末，就一直绵绵不断地为我们输送大量优美的子弟篇章。地道的京味语言，落末的贵族情怀使他们呈现出独特的群体魅力。笔者由此将他们列为最早的京味作家群。京味文学以老舍为主要代表，延续到新时期，又有许多作家自觉承袭，如汪曾祺、刘心武、邓友梅等。老舍的《四世同堂》、《茶馆》、《正红旗下》，邓友梅的《烟壶》、《那五》等描绘了清末以来北京的文化风俗民情，充满了作家对京城文化的自觉认识与感悟。子弟书本没有自觉的京味派别，但将之称做萌发期的京味文学是有根据的。第一，它的创作者基本为北京的子弟文人。第二，它的许多现实篇章描写的都是京城的风物人事，子弟书除改编的作品（这些作品中写有其他地方如苏杭、南京，因为原

---

① 启功：《创造性的新诗子弟书》，收入《启功丛稿》（论文卷），中华书局 1999 年版，第 321 页。

著故事的发生地就在这些地方)外,新创作品都以北京为文化背景(这一点在下文有专门分析),举凡京城的茶馆、戏园子、小吃、街巷、人物生活方式,性格特色等无所不包。第三,它的语言是地道的北京方言,这在文中俯仰皆是。值得注意的是,子弟书中的京味更多的带有旗人风情。老舍之后的京味文学则将旗人字样淡化。这是时代的原因。其实京味与旗味是很难区分的,甚至就是同义词。北京当然有汉族,清代还产生了以汉族知识分子为代表的宣南文化,但这不是文化的主流。清末以后,随着八旗的逐渐消亡,京味文学才出现了现在的情况,旗人文化统归于北京文化,不再有明显的民族区别。正因此,不妨把子弟书看做萌发期的京味文学,此期的文学旗人味重,而后则泯然为一体。海派文学常把清代的《海上花列传》列为始祖,子弟书是否也可在京味文学中享此殊荣,值得进一步探讨。

子弟书还呈现出独特的性别文化意蕴。在中国历史上,没有哪一种文艺样式像子弟书那样,创作者是清一色的男性。从这个意义上说,子弟书是男人的天下,是阳气十足的文化。这并不是说,子弟书写来都很刚性,它的优美篇章恰恰是以柔美取胜,有温存的一面。但这种柔美不是女性的柔媚,是从男性的角度出发的感性世界与审美风范。与同时流行于南方的弹词比较,这种差异非常明显。弹词的创作者许多甚或大多是女性,其描写场所也多集中于闺房、后花园,主题几乎全是青年男女的爱情,不出婚姻家庭之格,充分展现了女性的温婉之性。子弟书则不同,它的故事除婚恋外,还有许多主题,如战争、讲道、游仙、考试、玩乐、忠臣等。它的视角也因此而开阔得多,呈现出男性社交的广阔与思考的多样。男人在社会中的自傲与辛酸,角色的多重与无奈(尤其是对子弟身份的感悟,这点在下章有详细的阐述)都有较理性的思索。在这点上,呈现出与弹词等女性视角的不同。弹词中的女主人公都以获得幸福的家庭、知心的郎君为一生追求,子弟书中的男人们虽也有对情感的追求,但生活远不止此,金钱、功名、地位、享乐等均会成为人生的重要部分。子弟书篇首诗篇都是男性的呐喊与倾诉,绝非女性作家可以写出来。子弟书因其性别的创作而具有了特殊的文化心理内涵。

第二章　子弟书文本研究(一)

第一节　改编作品:经典的诗化重构

子弟书是清中叶以后流行于北方地区的一种曲艺形式,它以纯唱为主,歌词从七字到几十字不等,形式典雅,词章优美。从篇目上看,子弟书改编前人的作品很多,可占到半数以上,这不仅没有成为它的缺陷,反而因改编的成功而增加了作品的魅力。总体来说,子弟书对文学著作的改编,具有很强的诗意性和主观性。这首先体现在对文学题材的筛选上。子弟书作家们似乎更偏爱描写男女爱情的传奇故事。中国古典小说中,被子弟书改编的最多的是《红楼梦》与《聊斋志异》。而对《三国演义》、《水浒传》、《西游记》三大巨著子弟书不能说没有涉及,但改编的次数却少得多,一般只有三五篇,而《红楼梦》被改编成子弟书的却有三四十种之多。下面分别以《红楼梦》子弟书与《金瓶梅》子弟书为例,分析子弟书是如何将小说进行改编的,改编后的文词较原著有何新意。

一、《红楼梦》子弟书

红楼梦子弟书是这种曲艺中流传最广的著名辞书,是《红楼梦》小说与子弟书说唱艺术的完美结合。子弟书作家在改编《红楼梦》时,往往将整个心灵投入创作,每一个红楼人物的悲喜都被描绘得优美而细腻动人。可以说,子弟书从产生的初期起,便与《红楼梦》结下了相许终身的誓言,每一次情节的改编创作,都是与曹雪芹的精神契合与心灵感悟。在19世纪中后叶,通过子弟书改编的《红楼梦》在通俗易懂的说唱形式下让更广泛的市井百姓得以接受。由《红楼梦》改编的子弟书唱词在八旗子弟中吟唱不衰,而由子弟书改编而成的鼓词段子又在更广泛的区域如市井酒肆、乡野庙头演唱。《红楼梦》是子弟书创作的丰富源泉,子弟书则是《红楼梦》艺术生命的延续。这种亲密关系造就了红楼梦子弟书的独特美学风范与文化内涵。

红楼梦子弟书在现存子弟书中占有重要的分量。据北京大学所藏车王府子弟书统计,红楼梦子弟书共有三十种左右。其具体篇章如下:

《晴雯赍恨》、《晴雯撕扇》、《湘云醉酒》、《椿龄画蔷》、《思玉戏环》、《两宴大观园》、《宝钗代绣》、《醉卧怡红院》、《品茶栊翠庵》、《三宣牙牌令》、《过继巧姐儿》、《凤姐儿送行》、《宝钗产玉》、《遣晴雯》、《探雯换袄》、《双玉听琴》、《二玉论心》、《海棠结社》、《会玉摔玉》、《议宴陈园》、《埋红》、《一入荣国府》、《石头记》、《玉香花语》、《伤春葬花》、《全悲秋》、《二入荣国府》、《露泪缘》、《芙蓉诔》、《刘姥姥初进大观园》、《黛玉葬花》、《探雯祭雯》、《焚稿》、《紫鹃思玉》、《宝晴换衣》、《怜玉》。

如果再加上百本张、台湾史语所等书目以及个人收藏,红楼梦子弟书的篇章会更多,大约有近四十种之多。这是古典文学名著被子弟书改编的最多的。

以上红楼梦子弟书主要集中于三个故事:宝黛爱情故事、晴雯故事以及刘姥姥故事。刘姥姥故事诙谐幽默,具有很好的戏剧效果,适合普通听众接受,故而受到子弟书的青睐。晴雯故事从撕扇到祭诔一直都是原书中的经典情节,晴雯本人则是贾府中最具有反抗性格的丫环,她的故事充满了幽怨不平之气,这大约是子弟书喜欢改编的原因之一。至于宝黛爱情故事,不用说是《红楼梦》的情节核心,具有深广的悲剧内涵,创作余地很大,自然成为子弟书的首选题材。

子弟书创作者很多都对《红楼梦》爱不释手,他们常常在篇首抒发自己在《红楼梦》启发下的创作动机:

> 小窗酣醉欲狂吟,忽见新籍伫案存。
> 漫识假语皆虚论,聊将闲笔套虚文。
> 有若无时无还有,真为假处假偏真。
> 谁言作者多痴想,足把辛酸滴泪痕。

暂歌一段《石头记》，借笔生端写妙文。

——《一入荣国府》子弟书

他们仰慕《红楼梦》的伟大成就，“羡红楼何处得来生花妙笔，似这般花样他越写越奇”。在经典的启发与激情撞击之下，子弟书的创作者借《红楼梦》故事抒发自己心中块垒。他们完全理解曹雪芹创作的辛酸苦辣。子弟书作者多为满族八旗子弟。清中叶后，八旗子弟逐渐走向没落，这与曹雪芹及贾府的经历又有着惊人的相似之处。这种没落情怀进一步引发了他们与曹雪芹之间的隔世对话。因而，子弟书对《红楼梦》的改编不仅仅是故事性的，而且包含了相同的人生感悟。每篇篇首或篇尾的这些感悟式评论既道出了自己的创作旨归，又是对经典著作的重新演绎。

红楼梦子弟书在对经典人物形象的重释上极具特色。这种重释又以宝黛爱情最为突出。宝黛爱情在《红楼梦》小说中已经描写得凄婉异常，子弟书则在小说基础上，充分利用自身擅长大段演唱的优势，将这一旷世爱情悲剧渲染得更加诗意盎然，其感人肺腑之处，艺术功力不逊于原作。当然，小说与说唱是两种不同的艺术分类，不能简单的以高低辨别。两种文体都有自己的优势特色。小说多侧重于叙述故事，在简练的叙述中往往留下“叙述空白”，给读者以想像的空间，引人深思。《红楼梦》在叙述宝黛爱情时便是这样。子弟书作为说唱艺术，从文学上划分属于叙事诗，它往往用大段的诗话唱词来渲染故事，从而在婉转悠扬的词曲中征服听众。《露泪缘》子弟书就充分体现了这一特色。

《露泪缘》(车王府本作《路林缘》)全十三回，主要讲述了宝黛爱情的最后阶段。黛玉得知宝玉要娶宝钗消息之后，震惊万分，在完全绝望的情况下，去看望宝玉，两人痴傻地坐在一起，精神皆已迷乱。而后黛玉病情加重，在焚稿之后，诀别紫鹃含泪而逝。宝玉在新婚时发现新娘并非朝思暮想的林妹妹，跑去潇湘馆哭灵。这里的情节虽然和《红楼梦》后四十回中的情节基本相同，但在某些地方艺术水平要高于续作者高鹗。《露泪缘》撷取宝黛爱情最后时刻的场景加以渲染铺陈，淋漓尽致地写出了爱情的悲剧命运。首先，在十三回中，每回开头都有八句写景诗篇。这些诗篇并不仅仅是引起下文，它们本身都是由景物描写组成，而且是按一年四季春夏秋冬的顺序，从“孟春岁转艳阳天，甘雨和风大有年”到“孟夏园林草木长，楼台倒影入池塘”，再到“孟秋冷霜透罗帏，雨过天凉暑气微”，最后是“孟冬万卉敛光华，冷淡斜阳映落霞”。这里的景物描写不仅井然有序，更重要的是映衬出宝黛爱情的曲折多变与凄凉结局。黛玉惊闻婚变，是在仲春之际。随着爱情的失落，心情也像季节一样由热到冷，直至如秋风中的枯叶。宝玉娶亲时，季节已变到秋天，黛玉在瑟瑟秋风中回忆逝水年华，最后“香魂艳魄飘然去”，秋天成为生命与爱情消殒的无情象征。这种季节循环以诗篇形式吟唱而去，极具抒情风范，承载出作家对生命与自然的思索。

在宝黛爱情故事中，不仅主人公黛玉真情不渝，对理想执著，就连配角紫鹃也凝聚着生命的刚烈之火。当林之孝家的去强拉紫鹃做伴娘以欺骗宝玉时，紫鹃却坚决不离开病重的黛玉：

> 我若是忍心害理抛了他去，你叫他洗面穿衣却靠谁？
> 实说罢今朝断不肯离此地，就把我粉身碎骨也不皱眉！
> 我一辈子不会浮上水，锦上添花从不肯为。
> 别处的繁华富贵由他去，我情愿守这冷香闺。
> 再要相逼破着一死，正好同姑娘一处归！

这里的紫鹃比小说更多了几分刚烈之气，形象刻画异常鲜活饱满，最后由于她的宁死不从，林之孝家的只好用雪雁来代替她去陪嫁。

《露泪缘》中还经常用细腻的内心世界的表白来丰富人物形象。第四回中黛玉病染沉疴，自知不久于世，于是在病榻前想起了寄人篱下的生活，不禁思绪纷纷。全回书从“自知道这病身儿支不住”直到“细想奴家惟有一死”，一共用了八十二句诗近一千字的篇幅来表现黛玉的所思所想，可谓声声如诉，细腻动人。这里的独白也是子弟书中篇幅最长的内心独白之一。在这里，黛玉回忆了自己寄身贾府的酸楚、贾府诸人的异心、园中姊妹的复杂、自己与宝玉从相知相恋到相离的曲折以及自己以死还泪的决心。人物的点点情思牵引出世间无数的世态人情，如诗如画的词句吟唱出生命最真的情怀与最深的无奈。下面试举其中一段：

更有那表兄宝玉常亲近，他和我自小儿同居在一房。
耳鬓厮磨不离半步，如影随形总是一双。
……
他也曾借古言今把衷肠诉，他也曾参悟机锋把哑谜藏。
我几番变脸生嗔拿话堵，他还是悦色和容总照常。
我因是一点芳心注定他身上，满拟着地久共天长。
谁想他魔病迷心失了本性，事到临头无了主张。
……
宝姐姐素白空说和我好，谁知是催命鬼又是恶魔王！
……
他如今名花并蒂栽瑶圃，我如今嫩蕊含苞委道旁。
他如今鱼水和谐连比目，我如今珠泣鲛绡泪万行。
……
罢罢罢我也不必胡埋怨，总让他庸庸厚福才配才郎。
细想奴家惟有一死，填完了前生孽债也该当。

在这里，黛玉分析了与宝玉的情感历程，将小说中黛玉想说而不愿说、想诉而无法诉的痴怨全部倾泻而出，酣畅淋漓，哀婉动人。子弟书作家都是塑造人物的高手，他们巧妙地抓住了原著中人物形象的性格精髓，不仅没有使人物性格走样，反而将人物饱满的情思通过吟唱“透明”地展现于听众面前。

晴雯形象是子弟书在人物立意上的又一创新之处。在小说《红楼梦》中，晴雯是林黛玉的“影子”，晴雯之死也是林黛玉之死的“先兆”或铺垫，所以历来受到评论家的重视。在子弟书中，晴雯故事被许多作家反复吟诵，出现了不同的“版本”，如《芙蓉诔》、《探雯换袄》、《晴雯赍恨》等。在这些故事中，晴雯仍然是小说中那个聪明伶俐的丫头，“更兼他秉性儿耿直心地儿正，活计儿精工文艺儿通。就只是口角儿太快招人怨，往往的语言儿锋利惹人憎”（《芙蓉诔》）。《芙蓉诔》子弟书较详尽地描绘了晴雯的个人遭际，是所有晴雯故事中写得最完整而又最有诗意的篇章。全书共分六回,分别是:"补呢"、"谗害"、"恸别"、"赠指"、"遇嫂"、"诔祭",是相当完整的"晴雯传记"。第一回"补呢"取材于《红楼梦》第五十二回《俏平儿情掩虾须镯,勇晴雯病补孔雀裘》。小说中描写晴雯带病为宝玉补裘的篇幅并不长,而在子弟书中却演变成四五千字的文章。它并不单单叙述补裘的过程,而且加强了对人物性情的描写。在带病补裘中,晴雯把守在身边的宝玉劝开,自己独挑针线。此时只有"静悄悄一盏孤灯案上明"。接下来,子弟书创造性地为晴雯添上了丰富的心理语汇:"这佳人忽然起了别的心念,不由伤感把针停。晴雯这里流痛泪,姊妹全无少弟兄。"她忽而停针叹息,忽而凝眸沉思。当她想起自己与宝玉的快乐生活时,则是"佳人想到开心处,针线如梭快似风"。这里巧妙地借补裘针法的快慢来展现补裘人情思的跃动,人物形象也便跃然纸上。针线已不仅仅用来表现晴雯的手巧,更是呈现她悲剧命运的"引线"。惟有此时她才会在寂静深夜尽情回忆自身坎坷遭际,也惟有补裘才会由衣裘想到穿裘之人——宝玉,更进一步想到宝玉的终身大事:"这府中上下的姑娘却不少,但不知是谁得个美多情。看起来只有林姑娘的八字儿好,听说是要同公子把亲成。"人的思绪在深夜往往是牵一动百,联想翩翩,生命、婚姻、未来等等,一切都会在不经意间浮上心头。子弟书正是充分利用了"深夜补裘"这一特定场景来为晴雯抒发内心情感制造机会。可以说,这种创意将人物形象塑造的异常鲜活灵动。

当晴雯被王夫人当做"狐狸精"斥责后,晴雯万分委屈,子弟书用丰富的语言展现了她的愤怒心情:

> 越思越气越伤感,说这样的委屈可活不成。
> 别的话儿犹自可,说什么小爷背地有别情。
> ……
> 我今日虽然还在园中住,看起来时光不久要别怡红。
> 大约是我与小爷的缘分尽,当初的痴念儿总成空。
> 果然是人情奸险难防备,无故的暗箭伤人我恨怎平。

……

只落得万般委屈无人诉，千种烦难辩不清。

任你呼天天不应，纵然唤地地无灵。

如今是前进无门退也无路，也惟有全节一死把心明。

这里突出了人物的怨愤不平之气。晴雯有感于世路艰险，为了“全节”竟要“一死把心明”，这又点染出她的刚烈之性。这些描写使晴雯形象更加饱满充实。《芙蓉诔》的作者是子弟书著名作家韩小窗，他的作品以语言优美、情感真挚、刻画细腻而著称于世。他在原著的基础上，对晴雯进行了仔细的揣摩分析，再用他激情如歌的诗句将人物描绘出来，真正是抓住了形象的灵魂与核心。《红楼梦》中的人物深深打动着韩小窗等子弟书作家，并赋予他们以创作灵感与冲动；同时，这些通俗作家又反过来用自己的文思文笔来重塑红楼人物的灵魂生命。在这场古今人物的精神漫游与对话中，形象跨越时间隧道而绽放出绚丽的生命之花。

红楼梦子弟书是叙事诗艺术的典范之作。这主要体现在“叙事”与“诗歌”两种艺术方式的完美结合。作为叙事诗而言，既讲究叙事完整的故事情节，又讲究抒情化的艺术境界；既要有散化的生活语言，又要有精炼的诗化辞章。子弟书在这方面做的相当成功。

首先，红楼梦子弟书雅俗相兼。子弟书创作者的才情是全面的，他们可以用华丽的辞章吟诵悲剧，也会熟练地用京味方言描写市井人物的风趣，亦庄亦谐，真正做到了雅俗共赏。刘姥姥故事就是很好的说明。描写刘姥姥的子弟书作品不少，从《一入荣国府》，到《两宴大观园》，《三宣牙牌令》、《醉卧怡红院》、《品茶栊翠庵》、《过继巧姐儿》，再到《凤姐儿送行》，完整地描写了刘姥姥两次进贾府的过程。子弟书充分利用原著中的喜剧氛围，渲染出了刘姥姥这一乡村老妪特有的诙谐、粗俗与老练。尤其在二进贾府时，乡土气息浓郁，喜剧风情无处不在。如刘姥姥被凤姐安排吃鸽蛋：

原来是赤金三镶十分沉，又遇着鸽子蛋溜滑在海碗中。

好容易夹一个又滚在地下，急的他稀里哗啦满碗里翻腾。

作家用“稀里哗啦”这一口语中常见的象声词来形象叙述刘姥

姥的滑稽动作，十分通俗。又如："贾母眊就着眼儿看，真个是清凉自在福地洞天。"（《品茶栊翠庵》）"鸳鸯说快着些将就着完了令罢，姥姥说这一句合该要骗拉骗拉"（《三宣牙牌令》）。这里的语言虽然是押韵诗句，却像散化的日常对话。另外如"凤姐儿说远路风尘多住几日，两三天的工夫是一屁时"；"凤姐儿说一住你又说住一夜，就住上十年都有我呢"（《过继巧姐儿》）等语言甚至比小说的人物语言更加口语化、方言化。子弟书给人的总体印象是典雅精致，实际上，它的许多篇章却是普通听众都能听懂的市井话语。这些略带京味土语的语言既呈现出浓郁的地方风味，又是承载刘姥姥等普通民众形象的极好载体，充分体现了子弟书雅俗共赏的通俗文艺特性。

其次，红楼梦子弟书充分调动各种修辞方式来营造抒情空间，达到如诗如画、如泣如诉的审美效果。子弟书是押韵的诗句，但不像文人诗那样严格，每句字数从七字到几十字不等。这种散文化的诗行既便于充分讲述故事，又给人一种优美舒缓的节奏享受。如果再加上一些修辞手法的运用，更能达到巧夺天工的抒情境界。《芙蓉诔》子弟书在描绘晴雯补裘时，没有限于补裘活动，而是充分调动各种艺术手法来展现美丽宁静的夜晚。这里有人物的心理活动，也有静夜窗外的各种声音：

正在拈针交四鼓，只见那微微的淡月上窗棂。
只听得树叶摇风刷刷响，旅雁南征阵阵鸣。
檐前的铁马丁当碰，屋中的众婢打鼾声。
远远忽闻声又响，原来是栊翠庵中夜撞钟。

风声、树声、鸟声在这里交响出凄美哀怨的生命之乐。它充分调动各种想像中的意象，将这些诗意化的声音融于一炉，烘托出一幅如诗如画、如泣如诉的静夜美景，给人以美的联想。

在抒发大喜大悲之情时，子弟书往往运用各种排比句式烘托渲染情感。宝玉哭林是子弟书中最能打动人的篇章之一。作家并不是简单描写宝玉惊闻黛玉病逝噩耗后的痛苦，而是用一系列排比句将这一悼念场景写得层层深入，哀婉动人：

我爱你骨格清奇无俗态，我喜你性情幽雅厌繁华。

我羡你千伶百俐见事儿快，我慕你心高志大把人压。

我许你高节空心同竹韵，我重你暗香疏影似梅花。

我叹你娇面如花花有愧，我赏你丰神似玉玉无暇。

我服你八斗才高行七步，我愧你五车学富手八叉。

我听你绿窗人静棋声远，我懂你流水高山琴韵佳。

我怜你椿萱凋零无人靠，我疼你断梗飘蓬哪是家！

我敬你冰清玉洁抬身份，我信你雅意深情暗浃洽。

这里连用十六个排比句子多层次地抒发了宝玉对黛玉的千般回忆、万般相思。巧妙的是，作者并不像一般排比句那样重复使用"我想你"几个字，而是在整齐的排比基础上灵活地变换文辞，从"我爱你"到"我信你"竟有十六个表示思念的字词不断涌现，这些言辞包含着丰富的心理能量，它们在爱、叹、惜、敬的多重交叉中叠现出复杂多感的情感世界，而这种重复吟诵而又一气呵成的流动辞章正体现了子弟书在表现人物内心情感上的独特优势。汉语的每一个字词都在这里汇成抒情长河，让人美不胜收。

二、《金瓶梅》子弟书

在中国古典小说中，《金瓶梅》的改编似乎显得沉寂。很少人注意或不愿注意它的价值。其传播途径往往是暗中操作，流传面并不广。《金瓶梅》子弟书则是《金瓶梅》流传过程中重要的一种传播方式，它向我们展示了《金瓶梅》在清中叶以来在市井民间的流传面貌，具有较高的文献价值与艺术价值。《金瓶梅》子弟书据现存资料，有下列几种：

《挑廉定计》：据《金瓶梅》第三回"王婆定十件挨光计"改编。

《葡萄架》：据《金瓶梅》第二十七回"潘金莲醉闹葡萄架"改编。

《升官图》：叙西门庆与潘金莲初次见面情事。

《旧院池馆》：据《金瓶梅》第九十六回"春梅游旧家池馆"改编。

《得钞傲妻》：据《金瓶梅》第五十六回"西门庆捐金助朋友，常峙节得钞傲妻"改编。

《续钞借银》：同上。

《哭官哥》:据《金瓶梅》第五十九回“李瓶儿痛哭官哥”改编。

《永福寺》:据《金瓶梅》第八十九回“清明节寡娘新上坟,吴月娘误入永福寺”改编。

《遣春梅》:据《金瓶梅》第八十五回“吴月娘识破奸情,春梅姐不垂别泪”改编。

《金瓶梅》子弟书的改编情况与《红楼梦》子弟书并不完全相同。《红楼梦》子弟书主要善于叙写人物,而对四大家族“白茫茫大地真干净”的虚无感却很少渲染;《金瓶梅》子弟书则不同,它更侧重对家族的描写,这主要体现在,子弟书在原作的基础上对西门家族繁华与没落的强烈对比进行了很好的渲染与发挥。子弟书在表现悲情上独具特色,物是人非的空幻感被渲染得淋漓尽致。子弟书对小说中有关西门家族早期繁荣景象描写的不多,更多的是抓住家族败落后的凄凉来展现一种虚空情怀。子弟书作家许多都有着极高的文人修养,他们通文墨,喜创作,对人生及文艺有着自己的感悟与体会。如《旧院池馆》开头诗篇:

> 堪叹人生聚散频,荒凉池馆最销魂。
> 楼台倾倒脱金粉,花木凋零起暗尘。
> 曲径苔封思旧景,绣窗纱绽忆情人。
> 演一回庞氏春梅游故院,相见香腮点泪痕。

这里道出了创作心态与创作目的,《金瓶梅》中人物的兴衰变化引发了作家的兴趣,所以要借此描绘“人生聚散”的感受。《旧院池馆》一文主要写春梅当了守备夫人后,回到西门府中探望故人。在吴月娘等人的精心款待下,她步入旧日居住的后院观看,但只见凄凉满目,令人生悲。子弟书抓住人物细微的情绪凝结点,用大量的诗篇铺叙园中景物及内心感受:

> 春梅姐走熟的花径不须引,还记得树影墙根把旧路儿寻。
> 闪秋波留神细看园中的景,说呀这一种凄凉可不叹死了人。
> 艳浓浓的夭桃郁李全干死,娇滴滴的细草鲜花无一存。
> 一枝枝芍药凋残堆败叶,一丛丛牡丹憔悴剩枯根。

韵萧萧翠竹飘零丹凤足，碧森森苍松退却了老龙鳞。
冷凄凄庭前红叶无人扫，空落落三径黄花何处存。
细条条兰蕙离披无气色，娇怯怯梅花冷落少精神。
……
玩花楼辜负了良宵与丽景，秋千院消灭了月夜与花辰。
翡翠轩游蜂穿碎了窗棂纸，藏春坞鼠子钻通了山洞门。
……
说话间前行来到葡萄架，那一派蔓草荒烟更惨神。
架儿上柔条老干都枯朽，架儿下绣枕藤床在何处存。
但只见遍地萁萋生茂草，周围密密长荒榛。
暗想到此地也是追欢地，为什么地老天荒白昼昏。

这里用诗般语言描绘出西门庆死后庭院的荒凉。值得注意的是，它非常注意借用小说中的典型意象及细微情节。这些诗句中有些景物描写属于诗化的铺陈，并不一定真实存在，但其中提到的“翡翠轩”、“藏春坞”、“葡萄架”等却是西门庆后院中真实的场所。尤其“葡萄架”已不仅仅是自然之景，而是融入了人物的特定行为与情思，构成了独特的意象。葡萄架曾是春梅的主母潘金莲与西门庆狂欢嬉戏之地，《金瓶梅》第二十七回对此有详细的描写，因而它代表了一种淫荡与风流，是生命过度释放的伊甸园。子弟书巧妙地对“葡萄架”进行了点染，突出了它今天的荒凉，表现出释放与枯萎、浓烈与凄凉的强烈对比，给人以心灵的巨大震撼。

借古述今，借事写情是金瓶梅子弟书的重要特色。子弟书对人情世态的描写生动细致，带有浓厚的感情色彩与时代风情。《得钞傲妻》的作者韩小窗在开头诗篇中说：“闲笔墨小窗追补冯商叹，写一段得钞傲妻世态文”，点明了此篇的旨归是写“世态”。此段写西门庆结拜“十兄弟”之一的常峙节因家贫无银，遭妻子牛氏辱骂；后通过应伯爵向西门借了银两回来，牛氏马上变脸，曲相奉承。其实作家在这里借常峙节一人的遭际写出了市井百姓的辛酸苦辣，具有很强的生活气息。牛氏开始对丈夫冷言相待，“这泼妇起先不过连说带嚷，次后来叫地嚎天两泪淋”；当常峙节借回“白花花耀眼争光两锭银”时，她赶忙为丈夫掸去灰尘：“这泼妇一壁里说着一壁里掸，一壁里掸一壁里瞧着炕上银”。牛氏的几个动作过程作者只用了简单的词进行描写，活画出市井妇人的丑陋嘴脸，尤其其中三个动词“说”、“掸”、“瞧”，生动简练颇有白描的神韵。在文章的最后，作者借常峙节之口阐发了金钱的魔鬼作用：

> 有银子居然又是个贤良妇，将来无银子依旧还是个夜叉神。
>
> 反反复复无定准，细思量银子原来会闹人。
>
> 峙节点头长叹气，把银子两锭双托掌上存。
>
> 瞧瞧白银看看妻子，瞧瞧妻子又看看白银。
>
> 说骨肉的情肠全是假，夫妻的恩爱更非真。
>
> 谁能够手内有这件东西在，保管他吐气扬眉另是人。
>
> 忽转念妻儿逼我西门赠我，他两个一个为仇一个作恩。
>
> 无银子能使至亲成陌路，有银子陌路哪堪作至亲。

这里的描写与莎士比亚剧中对金钱颠倒黑白的描写可谓有异曲同工之妙。子弟书借《金瓶梅》中一事而敷演出一幕人间世态剧，可谓别具匠心。子弟书还有其他篇章如《为票傲夫》、《为赌傲夫》等均描写市井贫困夫妻的情形，与此处的写法非常类似。《为赌傲夫》中那位妻子说：“可叹奴家真命苦，嫁了这废物之材讨债的魂”，牛氏也曾埋怨“那媒婆子想来就是无常鬼，活把我拉入酆都地狱门。好汉子冻死饿死无的怨，我和爷是哪世里的冤仇你带累人”。可见，《金瓶梅》子弟书在叙写人情时，在一定程度上抛开了原著的束缚，发挥了自己对人生的认识，张扬出生活的哲理。

金瓶梅子弟书自然也难免有色情的描写。《葡萄架》和《升官图》就是如此。一般来讲，色情描写往往为了取悦市井百姓，尤其是男性听众，本身并没有什么价值。但金瓶梅子弟书却较复杂。《升官图》虽涉色情，但文字技巧却别出心裁，全部用清代流行的官名来组词搭文。如开头“西门庆调情把钱大史花，请潘金莲去裁那包衣达。王婆子他倒扣军门躲出去，西门庆他色胆如天把司狱发。”每句中都有一个官名“钱大史”、“包衣达”、“军门”、“司狱”等。

这种语言因其技巧性而具有了情感置换功能。当民众在听这些段子时,对其色情描写的兴趣可能会减弱,被其文字游戏的功能所代替。《升官图》充分展现了子弟书语言的灵活性及创造者的丰富想像力。

金瓶梅子弟书对原著中的"关节"之处有细致的呈现与渲染。《哭官哥》详细叙写了李瓶儿从思念西门庆到被娶入西门家再到爱子夭折的全过程。但文章并没有平均用笔,而是先简后繁。在叙写完李瓶儿进府后,其婚后生活用简单的几笔带过,然后用三回大的篇幅写官哥夭折的经历。尤其是在官哥死后,李瓶儿一声声哭诉,字字带血:"儿吓你生在西门为子嗣,好似至宝明珠落掌间。儿吓你今一旦将娘抛闪,倒只怕我的残生也难保全。……再不得经心裁剪小衣衫,再不得亲抱着孩儿把大娘去哄,再不得怀揣着幼子戏郎前",抓住了动情处将情节延宕开,将李瓶儿丧子之痛写的异常感人。

总之,金瓶梅子弟书既体现了原著的精神,又带有时代市井风味,是金瓶梅传播的重要媒介,值得进一步关注。

第二节　自创作品:子弟身份的体认与反思

子弟书不仅以改编前人作品取胜,而且在现实题材的描写上也显示了它的独到之处。这些现实题材基本上是作家新创的东西,尤其是描写八旗子弟的篇章更呈现出对人物的细致把握。贵族子弟形象是清代文学中的一枝奇葩,这些形象多出现在小说、戏曲等叙事文学中,如《红楼梦》、《歧路灯》、《儿女英雄传》等。子弟书是清中叶以后发展起来的一种曲艺形式,作为说唱形式的叙事诗,它的许多篇章也吟咏着清代满族子弟的独特风情,点染出时代与民族的特殊风貌。这些贵族子弟都是兼具满人的优势地位与汉族的深厚底蕴的"文化拈合体",他们与《红楼梦》等一起构筑起清代人物形象的多彩画廊。

清代贵族子弟(这里主要指八旗子弟)与前代作品中的同类形象相比具有很大的不同。如果说元代杂剧中的贵族公子多以长相粗横、行为暴戾的“权豪势要”为典范，明代小说等叙事文学中的子弟又多以描写江南地区世家的文人才子为叙写倾向，那么，清代作品中的八旗子弟则如扑面而来的一股罡风，杂糅出满汉相济的多元文化气质及个性风采。且看子弟书《少侍卫叹》中对京城贵族子弟的描绘：

自是旗人自不同，天生仪表有威风。
学问深渊通翻译，膂力能开六力弓。
……
本就是赳赳武夫干城器，更兼他手头散漫衣帽鲜明。

《风流公子》子弟书中作者称赞：

这是谁家儿阿哥，竟把燕山秀气夺。
瞧来不过十八岁，浑身苏调露轻薄。
……
鸽棚儿闲时也微然点缀，硬弓儿一气儿能盘二百多。
清语儿飞熟兼通翻译，写清字真是笔走动龙蛇。

这里描写的满族子弟远非前朝的“权豪势要”或一般公子所能比。在元杂剧中，贵族子弟的形象是模糊不清的，我们只知道他们抢夺民女，仗势欺人，至于他们读什么书习什么武，汉语如何则一概不知；在明代的才子佳人小说中，公子又都是“才过子建，貌比潘安”的柔弱书生。清代的满族子弟不一样。他们出身于北方少数民族，天生身体强壮，骑马射箭无所不能。同时他们几乎人人兼通“翻译”，既保持着北方民族特有的凭陵之气，又是民族间文化交流的重要枢纽。这与清朝一代又一代的统治者对八旗子弟的严厉管教有关。满族本是“宁质毋华，宁朴毋巧，宁强劲果毅，毋汩没诡随”[①]的民族。清初，在清廷的倡导下，骑射武艺与文化学习都是子弟们的必习之课。如著名词人纳兰性德，“数岁即习骑射，稍长工文翰”。[②] 雍正元年，世宗曾谕八旗满洲子弟“除照常考试汉字秀

① 盛昱：《八旗文经》卷38，第9页。
② 《清史稿》卷484，第13361页（列传271）。

才、举人、进士外，在满洲等，翻译、武艺亦具属紧要，应将满洲另翻满文考试"[①]。同时开满汉文翻译科。从雍正到乾隆两朝，共取中满洲、蒙古、汉军翻译进士72名，翻译举人393名[②]，这就出现了子弟书中的阿哥们武功卓荦、精通翻译的局面。可以说，他们将新的气息带入了关内，为有清一代数百年的统治奠定了扎实的根基。同时，子弟书中的八旗子弟形象给中国文学带来了不少刚健之气。中国古代文学中的青年公子除恶少外，几乎都是柔弱不识刀枪的形象，如《拜月亭》中的蒋瑞隆，"三言"中的许多才子，《桃花扇》中的侯方域等，而子弟书中的八旗公子却精通满汉语言而不废武功，呈现出独特的硬朗之气。

子弟书中的贵族公子几乎都是八旗子弟，这些形象区别于近代的《海上花列传》等吴语小说及评弹作品中的江南公子形象。这是因为子弟书的创作者多是八旗子弟；子弟书的听众亦多为八旗子弟，其流传区域集中于京城、东北等地，所以造就了此种作品具有浓郁的满族风情和京派气息。

重文崇经、书韵飘香是子弟书中阿哥们形象的又一特色。他们向往汉族悠远的历史与文化，从而用学到的异族文化来包裹自己的精神与生活。《风流公子》子弟书中云：

> 论人才他有绝奇的聪明十分典雅，琴棋书画也曾学。
>
> ……
>
> 画一笔绝妙的墨兰风流勇劲，作几首寓意的诗词儿韵脚儿调和。
>
> ……
>
> 遍览经文旁搜子史，偏爱把国朝的典律细揣摩。

《公子戏鬟》中的贵族子弟，"文雅的杂学儿都能记忆，风流的顽艺儿也略搜求。独自谴怀惟有弹琴写字，逢场作戏也会射覆藏钩"。《连理枝》中也说"偏有个能文善武名门子……诗词歌赋全都

---

① 《清朝文献通考》卷48，第5313页(选举二)。

② 《钦定八旗通志》卷107，第1—20页(选举志六)。

会，题本领八旗是个叶铺铿额，论乌布是一个小托佛活托”。子弟书产生于乾隆朝前后，而这一时期恰是八旗满洲子弟从不通汉文到深谙华夏文明的转折期。清初，顺治、康熙朝已开始努力提倡学习汉族文化，就连这两朝皇帝也成为著作颇丰的诗人。因“国家厚待天潢，岁费数百万，凡宗室婚表，皆有营恤，故涵养得宜，自王公至闲散宗室，文人代出”，在京师便出现了“凡温饱之家，莫不延师接友，则文学固宜其駸駸然盛矣”[①]。雍正时更是出现了“国家声教覃敷，人文蔚起，加恩科目，乐育群才，彬彬乎称盛矣”[②]的局面。乾隆初年，北京“南北学，弦诵之声，夜分不绝”[③]。从清初开始，满洲子弟在国家鼓励、家庭熏陶及自身对汉文化向往的多种因素下，积极学习新的文化，完成了从游猎武士到封建文明传承者的角色过渡，真正融入了以汉族文化为主导的中国主流文化之中。子弟书恰当地反映了两种民族文化交融下的文化痕迹。子弟书中的阿哥们秉承了时代流行文化，虽然他们中的有些分子可能会在过多的诗书浸染下流于轻浮与酸腐，但这种“通览经文旁搜子史”的融会过程的确具有进步性。在中国文学史上很少这样大规模而细致地描写民族融合下主流文化对异质文化进行浸透的强大生命力。

八旗子弟在学习汉族文化的同时也沾染上了文化的不良因素。即过多诗书影响下的“女性化”特征或曰“阴性”特征。这里的女性化主要指精神的萎缩与感情的纤细。《风流公子》中的子弟便是这样的闺气十足：

> 精细的锅圈拧两道，俊青的头皮儿脸蛋儿白。
>
> 左耳上还掐着一个赤金艾叶，更显得那娇模样儿与女孩儿活脱。

《绣荷包》中的公子“相衬着雪白的脸蛋儿更有精神”，《少侍卫叹》中那位宦途得意的世家子弟也是“又搭着小殷勤小扇子小旋风小妇气象，在章京前小心下气从小道儿进铜”。这些女性气质在作

---

① 昭琏：《啸亭杂录》卷2，中华书局1980年版，第34页。

② 余金：《熙朝新语》卷10，上海古籍出版社1983年版，第1页。

③ 陈康祺：《郎潜纪闻》初笔卷9。

者看来还是公子们讨人喜欢的一个“亮点”。这种气质的形成当然有自身原因，但很重要的一个因素是受到汉族文化的潜移默化的影响。本来汉民族文化就有一种以阴柔为主导的气质特征，这从先秦的《老子》、《庄子》就已开始。历史上虽然称赞侠士之行及忠臣之志，但从审美情趣来讲，中国文人在内在情感上是倾向于“阴柔”之性的。汉文化本身具有强大的包容性，满族子弟在深入研习汉文化之后，久而久之，便会不自觉的身入其中，性入其里，多少带些“阴性”气息。再加上贵族家庭的过分溺爱更易形成这种性格。如《公子戏鬟》中那位具有“阀阅传家老满洲”优势地位的公子：

他（指老太太——编者按）膝下只有一孙才十六岁，聪明绝顶性格儿温柔。

自幼儿相随祖母娇生惯养，老太太坐卧不离保护丁缪。

这位公子活脱就像《红楼梦》中的贾宝玉。他“外就严师跟随的有保姆，内遵祖训扶持的是丫头。小厮们从中（来）不许他亲近”。过于溺爱以及女性化的生活环境很容易形成青年子弟的“阴柔之气”。总之，这些子弟吸收了很多的汉族文化营养，同时也导致了性情的“营养不良”。这或许体现了文化交融的复杂性。

子弟书中的阿哥形象的第三个特征是繁华表象之下的落寞与虚无。满族子弟的发展与堕落体现了历史兴衰的无情。在二百多年的漫长岁月中，子弟们茁壮地成长为清代英勇的武士，成长为饱有学识的彬彬学子。但随着时间的推进，尤其从乾嘉年间开始，这些依附于朝廷的贵族后代亦不可避免地出现分化、裂变以至衰败。子弟书中大量的现实题材的篇章吟咏出这种无奈。《风流公子》中的满族子弟在良好的自身条件下，“他俏心儿只顾了风流不能择友，所以才每一论交他就输一着”。书中没有明言他的堕落，作者却提出了自己的隐约担忧：

可叹那官业勋名家声姓字，可惜那旧家子弟甚清白。

也是欠人的孽债还人的孽债，自惹的风波自受风波。

这种担忧并非无的放矢。在19世纪的京城，这种情形并不少见。八旗子弟有的在风流声名的呵护下无所事事,与丫环们整日调笑、私通,《家主戏鬟》、《公子戏鬟》等子弟书写尽了这种丑态;有的在晋升为近臣侍卫后变得油滑无行,如《少侍卫叹》中的青年侍卫:

饭后时你看他慢慢进门执手道谢,说辛苦了众位他连道来迟面通红。

搭讪着坐下把卸情的话儿说几句,开顽笑是文顽笑武顽笑愣顽笑真顽笑,也是因人而施行。

哄的人倾心吐胆无可不可,他这才从中下手把人蒙。

单看子弟书中"叹"字为题的就有数十篇之多:《穷鬼自叹》、《官衔叹》、《长随叹》、《司官叹》、《女侍卫叹》、《老侍卫叹》、《少侍卫叹》、《老斗叹》、《荡子叹》、《穷酸叹》、《阔大烟叹》、《大烟叹》、《浪子叹》、《老汉叹》。这些篇章几乎都弹奏出一个主题:"富贵—落魄—自叹"的人生三部曲。同时也可看出八旗子弟的堕落情形在当时是多么引人深思。清别野堂抄本子弟书《老斗叹》详细地描绘了子弟的落末过程:

有一个浮华子弟家豪富,一心单爱二簧腔。

时常会酒在梨园馆,每每寻欢上禄寿堂。

都客们趋承多热闹,相公们敬奉不寻常。

怎知道乐不可极欲不可纵,一到了财尽交绝就散场。

……

只落得两空吃穿无处奔,方知今日世态炎凉。

荣华富贵转眼成空,这对子弟们而言是多么沉重的打击!据此,我们可以相信,有些"叹"的章节很可能是落末子弟自己写成的自叹之词。这些篇章中口口称劝人子弟悔改,焉知不是劝自己悔改而作!诚所谓"满纸荒唐言,一把辛酸泪。都云作者痴,谁解其中味"。

《少侍卫叹》结尾处关于创作旨归的词句耐人寻味:

都只为饱食终日无底事,并非是有指而发有悟于中。

愿闻斯莫笑其中无好句，实指望仍留一步有待诸公。

话虽然说沸鼎当前此言难易，鹤侣氏故削竹简敢望清聆。

这里作者使用的是“障眼法”，从反处落墨。字面看来极冷极淡，内心则极热极愤。作者鹤侣氏原名叫弈赓，也是八旗子弟，出身贵族，早年作过侍卫，但最终却穷困潦倒。所以他创作的子弟书乃是和着亲身体会的凝重之辞。《少侍卫叹》中的青年侍卫成日巴结上司，碌碌无为，最终也只有走向庸俗与堕落。作者愈标明他“并非是有指而发”愈显示出他的良苦用心，这些都让人们思考青年子弟的生存价值及其前途命运。明是无聊时创作解无聊，实则感悟后运笔写感悟。《官衔叹》结尾处“闲笔墨小雪窗追写官箴叹，顺一顺一世窝心气不平”则明确写出了这种创作心态。

“冰冻三尺，非一日之寒”。八旗子弟的落末其实由来已久。雍正时，八旗“风俗人心尚属淳朴”，百年之后，嘉庆则总结到：“乞今又将百年，八旗子弟大半沾染习俗”，即“不知节俭”，“华服引酒，赌博听戏”，“所为之事，竟同市井无赖”。[①] 庄亲王弈卖、辅国公溥喜竟“赴尼僧庙内吸食鸦片烟”。[②] 有的旗人子弟搬至前三门，或“流连取乐”，或“贪恋娼妓，妄行无忌”。[③] 从嘉庆朝开始，八旗中赌博之风盛行，仁宗深感子弟的堕落，他在总结聚赌弊端时说，赌的结果“终至穷困”，父母妻子饱受“饥寒”，本人则成为“无用之人”，以至沦为“匪徒”。[④] 同为八旗子弟的震钧在他创作的《天咫偶闻》中指出：

昔我太宗创业之初，谆谆以旧俗为重，及高宗复重申之。然自我生之初，所见旧俗，闻之庭训，已谓其去古渐远。及今而日习日忘，虽大端尚在，而八旗之习，去汉人无几矣。国语骑射，自郐无讥。服饰饮食，亦非故俗。所习于汉人者，多得

---

① 《清仁宗实录》卷 227，第 3340 页，卷 153，第 2204 页，台湾华文书局总发行；《钦定大清会典》卷 1，第 12 页（宗人府）。

② 《清宣宗实录》卷 314，台湾华文书局总发行，第 5616—5617 页。

③ 《清世宗实录》卷 79，台湾华文书局总发行，第 1208 页；《钦定八旗通志》卷 30，第 38 页（旗分志三十）。

④ 《清仁宗实录》卷 195，台湾华文书局总发行，第 2841 页。

其流弊而非其精华。所存旧俗，又多失其精华而存其流弊，此殆交失也。[①]

子弟丧失"旧俗"，走向落末，并不完全是自身的原因。客观地讲，这种没落正是清廷对八旗子弟所谓"优惠政策"使然。从清初开始，清廷为保证军事任务，特命八旗子弟享受俸饷而不事生产。清军入关后，年轻力壮者都被令移居京城，脱离生产，无以聊生。城市的物欲生活刺激着这些关外来客，他们安逸于都市的繁华生活，逐渐养成了"遛鸟斗鸡"的惰性行为。一旦饷银花完，穷困潦倒便成必然。再加上清廷严禁旗人从事其他产业，"满洲之人，农工商贾，俱非所习"，这样自然会形成"聚数百万不士、不农、不工、不商、不兵、不民之人于京师，而莫为之所，虽竭海内之正供，不足以赡"[②] 的局面。

在子弟书中，八旗子弟的形象呈现出复杂的生命态势。他们一方面弦诵诗文，一方面又流于浮夸；一方面武艺卓荦，一方面又性情温柔，女气十足；他们见识超群，少年得志，又往往油滑无行，庸俗不堪；他们拥有世间最美好高贵的金玉品质，又带有极无聊极平庸的市井习性。子弟书为我们记录下了一个个鲜活而耐人寻味的子弟形象，呈现出满汉融合下个体生命的多彩与芜杂。文人对八旗子弟现象的关注一直持续很久，在子弟书之后，与之一脉相承的是老舍。老舍在《四世同堂》中写有八旗子弟小文，特别强调八旗习性的承袭："因为爵位的关系，他差不多自然而然的便承袭了旗人的那一部文化。"老舍所说的"那一部文化"当然主要侧重于八旗没落对文化的影响及反思。小文这一代旗人与子弟书中的八旗命运相同，"他们为什么生在那用金子堆起来的家庭，是个谜；他们为什么忽然变成连一块瓦都没有了的人，是个梦。"老舍还在《正红旗下》探讨了八旗的文化现象。可以说，八旗子弟的没落牵动着创作者的心，他们因自身为旗人而对此充满了矛盾的心态。"怀着爱意写旗人文化，必不至于仅仅抽绎出浅近易晓的教训，因承受那一份

---

① 震钧：《天咫偶闻》卷十，北京古籍出版社 1982 年版，第 208 页。

② 《清高宗实录》卷七十四，台湾华文书局总发行，第 1205 页。

命运的,有如是之姿态优雅禀赋优异的人物。文化演进中文化的贬值,价值调整中价值的失落,是人类史上有普遍意义的文化主题;上述旗人现象本可以作为创作史诗性悲剧的材料。"①

第三节 风俗作品:京韵自多情

子弟书还善于描摹清中叶以来北京地区的民风民情。从民俗角度看,子弟书作者多为京城八旗子弟,因而其描写不自觉地带有满族风情;从通俗文化角度讲,因子弟书多写京城市井人物的生活,因而又带有浓郁的市井风情。《女斛斗》子弟书写"为什么忽然写到女斛斗,欲传述北京城内的风土人情",看来风俗已成为作家们的自觉追求。在这里,民族风情与市井情趣融为一体,共筑成一幅幅鲜活的燕京风情图。子弟书描写时代生活的篇幅很多,仅在车王府子弟书中就有六七十篇之多,再加上新发现的资料,大约也有近百种。由此,子弟书不仅仅是吟唱古典著作的艺术,也是歌咏时代风情的鲜活艺术,展现了生活中普通人物的情感活动与社会活动。

在这些作品中,描写满族风情的篇章颇引人注目。满族自进关后,一度扩展了自己的文化风尚。虽然清中叶后他们都渐趋汉化,但婚丧嫁娶等传统风俗仍保留着自己的特色。同时期的其他文艺形式对此也有涉及。如小说《儿女英雄传》写安如海一家的满洲习俗,但并不太多。相比之下,子弟书描写的更为详细,如《鸳鸯扣》全24回,是一幅完整的满洲婚嫁图。满洲世家二公子要结婚,老太太的标准是"说甚么从容不从容我只要是满洲世派,要的是姑娘言貌不管他家道从容"。而后大奶奶(公子的嫂子)主动去女家相看。到了女家,她是如此精挑细看:

> 虽是个武职人家倒也文雅,老派儿佛满洲阔里甚是恭。
>
> 临起身搭讪告别就与佳人拉手,为的是看他的春笋把玉腕擎。

---

① 赵园:《北京:城与人》,北京大学出版社2002年版,第179页。

指头儿又尖又长手儿定巧，笑着说妹妹的花样儿想来定精。

硬扯起他的长衣瞄瞧鞋样，看了个意满心足才站起身形。

相女婿的场面更热闹。二公子打扮一番准备去丈人家接受“检验”，来祝贺的竟是庞大的亲属团：

又请下六眷的男亲陪伴新婿，亲族的女眷插戴姐姐。

厨子们落作整忙了半夜，第二日天才大亮门前就车马不绝。

先来的是穆昆萨都哈拉后到，旗下人最重的是姑老爷。

其次是姑爷与两姨姑表，四门儿亲家还有舅老爷舅爷。

平辈儿的都到房中与太太道喜，晚辈的打仟道喜谁敢捏诀。

……

一阵阵香风都到上房归坐，一声声环佩搭着笑语不歇。

一个个尽夸贤惠说天气好，一句句都闹呦拨怄逗二爷。

……

不多时太太传话说叫摆饭，那些个家人仆妇就奔走不迭。

先端上八碟热菜请吃喜酒，然后是吃面的小菜倒有好几十碟。

螃蟹卤鸡丝卤随人自便，以下的猪肉打卤没甚么分别。

……

进门来许多的亲朋全都说是久候，乱哄哄一齐都赶着拉手让进不迭。

外面是清话清语齐翻多热闹，里边的太太们先到更闹撇些。

如此隆重而热闹的场面显然有别于汉族风俗。“旗下人最重的是姑老爷”也不同于汉族重舅爷的风尚。由此可看出北京地区尤其是满洲聚集地自有的文化传统。这些风俗对以后北京城风俗的形成有着深远的影响。京城地域文化其实就是在满汉多文化的交汇中逐渐形成的。

烟袋风俗是子弟书中另一幅重要的民俗画卷。满族人(包括青年女子)几乎人手一个烟袋,这在汉民族看来是不可思议的。但烟袋确实构成了满洲人生活的一部分:

> 说着搭讪将烟点,说咱们接了班了吗茶房热酽熬茶倒一盅。
> ……
> 说罢磕烟忙站起。
>
> ——《少侍卫叹》

> 拿一根银锅玉嘴竹节烟袋,大底荷包是凤绣龙。
>
> ——《阔大奶奶听善会戏》

> 偏对那斜含乌木银烟袋,只少根俏摆春风孔雀翎。
>
> ——《俏东风》

满洲人家虽没有处处备烟装烟的规定,如《鸳鸯扣》中说"怄了回又献清茶从没有装烟的俗理,太太们不好久坐一霎时也就要分别",但从公房到闺房,烟袋却是常备的东西。这些烟袋在使用时不仅仅起到提神解闷的功能,更多的是一种气派的象征。

每个烟袋都很讲究,从"银锅玉嘴"到"乌木银",镶嵌各种名贵饰品。优雅精致的烟袋体现了满洲人尊贵的地位,体现了拥有者的个性情趣。它是优雅而实用的,近似于一种积极热烈的生活追求。发展到清末,随着鸦片的侵入,烟袋亦成为一种堕落与虚浮的象征,是民族兴衰的见证。

子弟书中的风俗少不了女性的参与。她们的焦虑与欢乐带有民族的风情。女性形象总以其感性多彩、美丽多情而受到文学的关注。子弟书稍不同于传统文学的描写,这里的许多女性生于北方,具有刚烈豪爽之气:

> 怪道燕支山翠微,谁知全在小娥眉。
> 一条身子儿梅枝秀,两个眼睛儿杏子黑。
> 俏庞儿绝代从那灵根儿透,小样儿撩人是他傻气儿堆。
> ……
> 鼻梁儿哪用铅笔儿抹,耳轮儿何消金坠子垂。

——《桃花岸》

燕地佳人性子多，一团冷秀隐双蛾。

常嫌粉黛工夫儿碎，要把胭脂模样儿脱。

——《连理枝》

淡淡春山凝秀气，盈盈秋水透聪明。

……

公子瞄呆一声长叹，说燕支山女孩儿的领袖第一名。

——《俏东风》

子弟书中的许多女性都像燕支山一样，充满了北方特有的健朗之气。她们不喜化妆，几乎没有“病如西子赛三分”的病态之美。当我们习惯了几千年来汉族主流文化统治下对女性阴柔美的描写，就会发现子弟书中的女性带来的是一股清爽的风。所谓“冷秀”即此涵义。当然她们的内心情感是十分丰富的，有逛京郊名胜时的悠闲自得，如《阔大奶奶逛二闸》中那位少妇，去游览前先打扮一番，显出京城人的阔气。值得注意的是她的心态：这位“阔大奶奶”独自出游，一路风光，满心欢喜，“这佳人斜倚栏杆观佳景，一望山河爽二眸”。这一“爽”字在古典文学中很少用来描写女性，这里却忽然一出，点出了京城女性的爽直。

当然，她们也有感情缠绵的时候。当听说丈夫出征，她们会埋怨：“埋怨道那般的阻拦将他劝，为什么良言不听半分毫。新婚燕尔才一载，狠心儿把恩爱情肠决裂的抛”（《花别妻》）；丈夫去赴考，妻子会牵肠挂肚。当丈夫从考场回来，妻子亦极尽温柔缠绵之态：“眼呆斜一歪身倒在郎怀里，泪珠儿纷纷滚滚溅衣襟。说离情任我增十倍，你寂寞抛奴正一旬。你们这些应考的都是坑人的手，一阵伤心一阵恨人。到明春会试奴可不装傻，一定要陪君进那贡院门”（《文乡试》），简直就是一副撒娇使气的小女人性情。对于爱情，她们有豪爽也有执著。《连理枝》中那位女性相亲时态度从容爽直，似乎毫不在乎，“满洲气派不啰嗦，中意是夫妻不然是兄妹”。而一旦亲事定下，双方情投意合，又会矢志不渝，至死不变。后因祖母家的一位“胖小子”亲戚看上了她，祖母便退了这门亲事，于是姑娘充满了不平之气：“太太糊涂年纪老，孙女儿怎在你跟前孝顺来。为你娘家个胖小子，却将孙女儿往火坑里埋？佳人不觉蛾眉皱，红晕梨花怒满腮。欲言又难言憋闷死，一声长叹倚妆台”，最后她气绝身亡，以身殉情。这些北方女性既呈现出传统女性丰富细腻的微观情感，又具有率直爽朗之性。她们少了闺房气与书斋性，多了民间性与市井气。

子弟书还描写了清中叶以来京城市井的生趣与幽默。清末谴责小说中亦有对京城各种世相的暴露，但其目的多在于抑恶，其态度是嘲讽性的，是理性态度对世俗的评价。子弟书因其作者很多是没落子弟，混迹江湖，故而他们熟悉京城百态，其创作虽也有讽刺意味，但更多的是直观的呈现，洋溢着市井的生机与情趣。市井人物主要活动之一是前门外听戏。其他体裁的文学很少对此进行大量的描写。《品花宝鉴》等虽描写了京城戏事，却侧重于同性恋。子弟书在很多篇幅中都对听戏活动进行了细致的描写。这些市井人物痴迷于戏曲、曲艺等通俗艺术，甚至亲自上场过把瘾，一招一式还有板有眼(《票把儿上台》)；当然其中亦不可避免地多了些陋习，如狎男妓(《老斗叹》、《禄寿堂》)。子弟书还用幽默写出市井人物的风貌，如《假老斗叹》典型表现出京城环境“熏染”下的京城市井人物：

> 也学唤从人来呀来呀的胡叫，也学闲谈论妙哇妙哇的练贫。
>
> 也学看报知道些朝廷的公事，也学观书记住些妙论明文。
>
> 有时见好奏折他说他也要上来看，各处的利弊他说他有意要上条陈。
>
> 有时谈论些惊人的古迹，他说他也是这样胸襟。
>
> ……
>
> 有时谈我若下场三元如探囊去(取)物，有时说我若作官弊病难瞒我这人。

这是地道的京味市井气，绝不同于上海的瘪三。京城数百年来坚不可摧的政治文化中心地位决定了首善之区的人们自然会形成一种喜高谈阔论、喜讲政坛得失的习性。而闲散的生活又锻炼了独特的“练贫”习性。上述引文中的这位“老斗”便是爱摆谱、耍贫嘴的例子。官场得失从这些闲人嘴中品去如茶馆中的茶点一样轻松如点缀。

这种练贫甚至在买东西时都有特殊的作用。如《苇连换笋鸡》写普通百姓在家门口的小交易。一个管城门的小官,家境贫寒,独在家中。一日门前经过一个卖笋鸡的,他想用自己的破帽子来换,卖鸡人不肯,他又搭上一个破铃,“拿过来说两件东西将就着换,别争竞了常过来过去留个交情。可笑他涎皮笑脸时多会,卖鸡人说啐无奈之何应了声”,充满了小市民的幽默情趣。又如《须子论》中几个市井人物在酒馆中的争吵,甚至店中伙计也精于此道:

> 手提着壶轧着个桩儿圈着个膀子,俏三步儿到桌前续水带笑开言。
>
> 说好俊天哪时时的辐辏今日的场面,众位可来着了子弟十不闲儿是头一天。

市井风情当然包括很多方面,如地方名吃、特色景点等。子弟书中写的京城名吃很多,如“炒虾仁卤牡口”、“莱心熘肌髓”(《须子谱》),而最重要的是市民心态的描绘,抓住了人物的精神风貌,才算是真正抓住了市井民众的风情,如上述的老斗。子弟书在这方面的描写,不愧是大家笔法。

第三章　子弟书文本研究(二)

第一节　子弟书的叙事结构

子弟书的叙事结构有其独特的肌理纹路。在中国文学中,叙事结构主要运用于小说、戏曲等叙事作品的研究中,从毛宗岗到张竹坡、金圣叹等无不强调结构的重要性,毛宗岗评《三国》,认为《三国》一书,“有横云断岭、横桥锁溪之妙。文有宜于连者,有宜于断者。……盖文之短者,不连叙则不贯串;文之长者,连叙则惧其累赘,故以叙别事以间之,而后文势乃错综尽变”[①]。金圣叹认为,《水浒》一书的叙述“看他叙来有与前文合处,有与前文不必合处,正以疏密互见,错落不定为奇耳”[②];张竹坡则从总体构架上评《金瓶梅》“是两半截书。上半截热,下半截冷;上半截热中有冷,下半截冷中有热”[③]。这些有关结构的多种“读法”成为颇具中国古典色彩的中国结构学说。子弟书从文本形式上看,属于叙事诗,它既包括叙事的结构也包含诗的韵律。下面先分析一下它的叙事构成法。首先明确的一个问题是,这类叙事诗虽与古乐府及文人的叙事诗如《孔雀东南飞》、《圆圆曲》等同属于一类文体,但它的叙事特征却显然与前代叙事诗大相径庭。文人叙事诗一般是案头之作,其叙事较文人化,更多诗化特征。而子弟书作为说唱艺术,它的直接源头不是文人叙事,而是宋元以来的民间说唱艺术,所以它的叙事从总体上看带有明显的说书特征与民间气息。

子弟书的叙事结构一般可分为三部分:诗篇——正文——结语。这一结构并不罕见,宋、元以来的白话短篇小说,也基本上属

① 《三国演义》毛氏父子评本卷首。
② 《水浒传》金圣叹评本第三十回。
③ 《金瓶梅》张竹坡评本卷首。

于这一类型，在这些小说中，正文故事前的叙述叫“入话”、“头回”，基本模式为入话（头回）——正话——篇尾。可以说，子弟书的叙述模式主要源于早期话本的影响。然而，话本小说、拟话本小说的“三段式”结构有其弊端，许多入话的诗篇故事与后面的正话没有直接的联系。如《清平山堂话本》中《西湖三塔记》正文写西湖发生的事情，而之前的入话却是大段歌咏“西湖”的诗词，从多种景物到一年的时辰等无不包括。虽然现在许多学者都用结构主义方法分析这些“入话”的结构意义及其与正文的联系，但多少有些牵强。因为这些入话最主要的功能就是起到“兴”的作用，先言他物，以引起后文。子弟书的结构却较此不同。那就是直接介绍创作这篇子弟书的创作缘由。这恐怕早已超出了“兴”的衬托功能，而是直接用心灵语汇来串通全文。由此，我们可把子弟书的结构改为创作心灵三部曲：

感悟缘由——正文唱词——创作旨归
（情）　（辞）　（义）

子弟书的结构三部曲竟然包融作家人生体悟（情）、艺术载体（辞）及创作旨归（义）三者的结合，这在中国文艺史上可谓独此一家。子弟书作家们的情感及对人生的观照是多样的，这些心绪会幻化成多姿多彩、可吟可唱的华章，会沉淀出中国古人极少言及的“真实自我”。翻开一篇诗词，我们会看到每一则故事都会首先撩拨叙述者的心弦，他们痴迷于每一古今故事，寄情于每一创作瞬间。这里有对“情”的思索与困惑：

天子伤心总为情，可怜情字未分明。
情通理顺方真切，理与情违费品评。
泪落不因家国丧，魂飞只为美人倾。
李三郎真真到此无聊赖，你看他数落着悲啼哭雨铃。

——《闻铃》

蜀江水碧蜀山青，赢得朝朝暮暮情。
君子悔负当年誓，妃子原（淹）留旧日客。

雕镂体态形原肖，供养香花志专诚。

梅檀莫谓无情种，情至能教木偶灵。

——《锦水祠》

有与前辈优秀作家的“古今对话”：

花样翻新照原本，何时得会曹雪芹？

午闷窗闲异笔，串出红楼一段文。

——《双玉听琴》

蕉窗人剔缸闲看情僧录，清秋夜笔端挥尽《遣晴雯》

——《遣晴雯》

此一回柔情醋意真难写，笑老拙怎比红楼笔墨奇。

——《宝钗代绣》

有对不平世态的愤怒与激扬：

英雄气短为钱财气短，儿女情深是柴米情深。

闲笔墨小窗追补冯商叹，写一段得钞傲妻世态文。

……

小窗是笔端怒震雷霆力，欲唤醒今古鸳鸯梦里人。

——《得钞傲妻》

二酉氏笔端怒震雷霆力，写一段翡翠将军感慨长。

——《碧玉将军》

闲笔墨小雪窗追写官司箴叹，顺一顺一世窝心气不平。

——《官衔叹》

狎近优伶倾家败产，吸食鸦片犯法伤身。

韫椟氏闲中新谱灵官庙，写出那孽海情天红粉的丛林。

……

韫椟氏毫端怒震雷霆力，电光赫耀破精邪。

——《绪灵官庙》

有对古代英雄的痛哭追怀：

壮怀无可与天争，泪洒重衾病枕红。

……

闲笔墨小窗哭吊刘先主，写临危霜冷秋高在白帝城。

——《白帝城》

因惊众敬重一条白练铁铮铮取义成仁徐庶的母，
千古下慷慨激昂笔作哭声墨滴雨泪小窗图写女英豪。

——《徐母训子》

读汉史雪窗无事频怀古，写一段英雄血泪感慨深情。

——《十面埋伏》

当然更多的是叙述者闲情倚窗的自得之状：

倚闲窗偶因小传添新墨，写一回官花报喜夫贵妻荣

——《宫花报喜》

半启芸窗翰墨香，潇潇风雨助凄凉。
每向名媛留佳句，今将烈女寄瑶章。

——《雪艳刺汤》

余本是生成朽木难雕刻，终日里醉饱悠悠睡梦间。
幸生在太平世界浑无事，真果是饥时吃饭困来眠。
这一日午梦初足遨游到闹市，见乱纷纷马往车来总不闲

——《随缘乐》

这些时小窗春暖无一事，写一段聊斋的故事遣遣闲情。

——《绿衣女》

客居旅舍甚萧条，采取奇书手自抄。
偶然得出书中趣，便把那旧曲翻新不惮劳。
也无非借此消愁堪解闷，却不敢多才自傲比人高。
渔村山左疏狂客，子弟书编破寂寥。

——《刘阮入天台》

鹤侣氏自惭才疏无妙句，闲消遣有愧书称子弟名。

——《赶靴》

笔端清遣闲时闷，墨痕点染古人愁。

——《走岭子》

这如今齐人的世业传天下，鹤侣氏借他的行乐儿解闷磕牙。

——《齐人有一妻一妾》

只因为日长睡起无情思，拈微辞芸窗偶遣一时闲。

——《武陵源》

小窗无事闲泼墨，写一段齐陈相谤酸匪嚼牙。

——《齐陈相骂》

闲破闷明窗慢运支离笔，写成了惯解人愁的书数行

——《风流词客》

因什么无端写起蜈蚣岭，都只为长日窗前静且幽。
仅可自歌还自快，不知人笑与人羞。
谁道是多心敷演期心赏，因此上有意荒唐任意诌。

——《蜈蚣岭》

小窗春日览残篇，闲阅金瓶忆旧缘。

——《哭官哥》

这里有一个“窗”的意象。“窗”在子弟书开篇诗句中经常运用，后世研究者从中找出了子弟书的作家名字。但我们不妨仍把“窗”还原成一个自然的意象：作家们倚靠于小窗之前，手把古书，闲看窗外世界，心有所思，拈墨而下笔，成就了子弟奇文。这种创作意象正象征了子弟书的个性化特征。总之，窗具有三重意义：(1) 隐含作家名字，如小窗、芸窗；(2) 虚拟创作情境，将创作背景置身于窗下，颇有诗的境界；(3) 寓含以小见大之义，窗虽小却可透过它观到大千世界。

之所以不惮其烦地列出以上诗篇，是因为这些诗篇真实地记录下了每一位叙述者的创作心态，有些甚至是很直白的自我表白，如许多作家的“怒”与“哭”。这些珍贵的创作心迹我们很难在其他作品中找到。中国文学道统向来强调作家创作的“温柔敦厚”、“哀而不怨”、“怨而不怒”，传统的美学风范又使作家性喜曲折含蓄，即使像《红楼梦》这样的伟大作品作者也是含糊其辞“都云作者痴，谁解其中味”。宋明白话小说的“入话”及结尾虽也有诗篇等前奏，但几乎不涉及创作心态的直接坦白，只是在开头或结尾添上以敦风化的敷衍字眼来代替对创作艰辛历程的表露，以社会化之道掩盖或忽视个性化之情。可以说，以上子弟书的诗篇真诚地流露出创作者在创作前与创作中与天地交融、与古今对话、与心灵感悟的点点滴滴，它们汇成了一条坦荡浩瀚的心灵之河，奔流向艺术之海。这恐怕是文学史上最集中、最坦诚无肆的创作语汇之一吧。正因其如此，它才显得格外珍贵与感人。你看，他们的一哭一叹、一颦一感都会转化为艺术之姿，传递出最鲜活灵动的人生姿彩。换句话说，这些创作表白具有灵活的形象性，在阅读了这些文字后，创作者的个性形象会在读者面前“跳跃”而起。他们的情感、举止、神态（包括午睡醒来的瞬间憨态）都历历在目。这些开篇诗句具有互动感应的结构功能。它一方面上连缈远的过去，与逝去的古人古事对话，另一方面又是下接后世的读者，用真情与读者娓娓道来，似闲夜促膝而谈，颇具人性味。篇头与篇尾的叙述情怀将中间正文的抒情叙述紧紧包裹住，如同夹心饼干一样呈现出多层次的质感，这便是子弟书开篇与结尾的结构意义。

文学理论中经常讲到文学创作的缘起，其理论说法不一，有“游戏说”、“情感说”、“孤愤说”等等。至今尚无定论。而当阅读了子弟书的开篇诗句，马上会联想到这些理论。其实，从上述所引诗句中我们已看出，子弟书的创作者的心态其实几乎包括了所有的理论学说。“拈微辞闲窗偶遣一时闲”，不正倾向于“游戏说”吗？“顺一顺一世窝心气不平”不正是“孤愤”说吗？而“可怜情字未分明”正表明创作是起源于“情感”。总之，这些创作语汇对今天的理论探讨仍具有很好的启发作用。

第二节　子弟书的多重叙述身份

叙事还涉及到另一个问题，即叙述角度。首先是叙述者。叙述者并不等同于作者。也不同于书中所叙的主人公或人物形象。子弟书的叙述层次可以分作：作者——叙述者（说书人）——人物——唱者——听者五个层次。

这样的划分显然比简单的作家作品的传统分析法要丰富许多。叙事学在分析文本时虽有许多过于琐细与机械之处，但对叙述人的分层次分析却对我们研究子弟书的叙事艺术很有启发，西方学者将文本的生产到完成分成以下几个流程：

真实作者——隐含的作者——（叙述者）——（被叙述者）——隐含的读者——真实读者[①]

以上分析似过于细密化，尤其是有关“真实”、“隐含”的分解，给人以“假作真时真亦假，无为有处有还无”的神秘感。但是，它所提供的思路却是富有启迪性的，即文本的丰富性远非一二个词可以解释清楚。文本不是简单的静态呈现，它在被生产出来以后，就具有了超越文本含义的流动与互动的意义。参考这一流动意义，我们可发现，在虚构性叙事作品中，存在着不同的主体身影，有最原生态的作家，有操纵文本的叙述者，也有艺术化的人物形象。它们之间有共通性，如出于同一母体，但却有着不同的叙述地位与使命。子弟书的三段式结构已经很明确地告诉我们，开篇是作家心声，叙述正文部分则是作家幻化成的叙述者在进行艺术的探险，而叙述核心故事中的人物则体现着与作家和叙述者略不相同或不大相同的情感历程。因此，我们可以推导出“作者——叙述者——人物”这样的叙述流程或角色置换。其实，在西方学者提出这种区别之前，中国的文人已经在小说中意识到了这三者的差异。同样是满族作家的文康在《儿女英雄传》中就曾多次阐述这一问题。如说

---

① 参见杨义：《中国叙事学》，人民出版社 1997 年版，第 199—200 页。

到此书的起缘：

后经东海了翁重订，题曰“儿女英雄传”，相传是太平盛世一个燕北闲人所作。

当讲到安如海出题测试公子时要求“五言六韵”时，这样写道：

且住，待说书的来打岔。这诗文一道，说书的是不曾梦到，但是也曾见那刻本儿上都刻得是五言八韵，怎的安老爷只限了六韵呢？便疑到这个字是个笔误，提起笔来就给他改了个“八字”。也防着说这回书的时节，免得被个通品听见笑话我是个外行，不想这日果然来了个通品听我的书。他听到这里，说道：“说书的，你这书说错了。这《儿女英雄传》既是康熙雍正年间的事，那时候不但不曾奉试贴增到八韵的特旨……怎的那安水心在几十年前就叫他公子作起八韵诗来？”我这才明白此道中不是认得几个字儿就胡开得口混动得手的！

在全书结尾处，又写道：

这燕北闲人守着一盏残灯，拈了一枝秃笔，不知为这部书出了几身臭汗，好不冤枉！

列公，说书的交代到这里，算通前澈后交代过了，作个收场，岂不妙哉！①

作者在几十回书中多次不厌其烦地提到几个概念，顺连起来就是：燕北闲人——说书的——书中人物——通品（列公，听书的），文康在这里非常强调作者与叙述者的区别，甚至还有说书人与听书者之间的直接对话，可见对于说书这样的虚构文学作品来说，叙述角度实在是多层面的。子弟书作为一门“说书”艺术，它的创作者也有很强的叙述分角色意识。如《赶靴》子弟书，叙写张担借朋友之靴去赴会，在大段叙写之后，结尾处描写视角马上跳出故事，转为创作者自写创作心态：“这就是世途相交的真样子，人情变幻

① 以上所引分别见于文康：《儿女英雄传》卷首，第三十四、四十回，光绪四年聚珍堂活字印本。

的恶形容。鹤侣氏自惭才疏无妙句，闲消遣有愧书称子弟名。”呈现出多层次的叙写层面，甚至有些“反叙事”的倾向。通过上述论述我们发现，在清代八旗子弟的创作中，有着强烈的主体意识与叙述角色意识。这样，整部作品便呈现出一种“复调”的情节叙事倾向，一种调子是叙述人对故事入情入理的抒情叙写，另一种调子则是在更深层次作者对整个叙述的超越式评述。这一正一反，一明一暗，一进一出，一热一冷，正交织出子弟书华美多彩的叙述情调。当我们正欣赏那如痴如醉的迷人故事之时，反叙述的作者的自现会打断我们心中的浪漫与梦幻，让读者跳出情境之外，冷静地反思一切虚构性故事，深刻领悟创作的真谛。这正如中国古代的太极之道，在一推一拿之中柔和地转变，变幻无穷。

第三节　心语化与物语化

下面谈一下正文故事叙述的时空选择问题，或曰聚焦点问题。子弟书故事大多改编自前人著作，如各种戏曲等，它的叙事支点不在于复现曲折离奇的情节，因为这些情节许多人已经很熟悉。而且前代人留下许多巧妙的叙事章法，如“横云断岭”、“草蛇灰线”等。子弟书叙述的侧重点不在前后呼应，制造悬念，而在于在它叙述时擅长制造动情点，在人物命运发展过程中，他们的相思、离别、悲痛、怀念虽可能只有一瞬，但子弟书却每每将这些地方紧紧盯住，大胆地叙写人物的细腻情感。这些情感在一般的小说、戏曲创作中可能会一笔带过，甚至没有提及，而子弟书作家却会用丰富的想像为人物作淋漓尽致的情感宣泄，从而在整个故事的叙述中制造出一种浓烈的情感氛围。这种动情点的掌握不仅深化了人物性格，而且使整个叙述呈现时间跨度上的奇妙组合。人物某一时刻的感情活动相对于几年、几十年的故事长河而言是十分短暂的，但作家绝不会将笔墨过多地放在事件的叙述当中，叙述时间在这里与历史时间发生了偏差，历史变幻如桑田沧海，如弹指一挥，时间飞逝，更何况某人某时的某种情绪呢？但在子弟书中，却顾不得历史的时间逻辑，情感成为衡定叙述的惟一指标。在叙述情节时，叙述者惜墨如金,而在人物情感的某一刻,叙述者泼墨如斗,时间也在这里凝固,作家们为之咏叹,为之驻足,为之倾注生命。可以说,动情点是子弟书每一篇作品中最精彩的叙述之点,它不仅使整个叙述节奏在快慢交织中灵动变化,而且承载了叙述主体对情感与形式的胶着,律动着生命的节奏。

具体来说,动情点的设置有两种展现方式:心语化与物语化。心语化是指叙述者将人物瞬间的情感信息扩展为全面而丰富的语汇,从而达到心语话语皆情语的地步,即使是一种情感,也会用立体的心理语言或神态语汇渲染出来。如《百宝箱》,叙述杜十娘的故事,在叙述完她与李甲相识后,专门用大段笔墨写她一个人静坐楼台的心理活动:

> 这一日十娘他闷坐在房儿内,静悄悄半卷湘帘半掩门。
>
> 猛听得潇潇落叶金风起,处处秋声不可闻。
>
> 这佳人触景伤怀心暗惨,一声长叹泪沾襟。
>
> 说今奴家父母双亡剩得只身独在,怎么就误入了青楼做这样的人。
>
> 自幼儿习学弹唱与那琴棋书画,只当是清高的技艺才苦留心。
>
> 不承望从十三四岁就叫我迎宾接客,这件事真是廉耻全无败坏人伦。
>
> 为我不殷勤也曾捱过鞭子棍子打,为我不温存也曾受过簪子棒子针。
>
> 我这嫩皮肉经不惯百般的苦,才羞答答昼夜相陪那些俗恶透了的人。
>
> 不期遇见过这位李公子,他是个心口如一情重的人。
>
> 可喜他性格儿温良人品儿俊,才德兼优文质彬彬。
>
> 眼前虽是个偷香的手,日后决为折桂的人。
>
> 怎能够遂心如意从他去,方不负万苦千辛这几春。
>
> 这十娘思量展转正在情浓处,忽见那湘帘微动进来了个人。

又如《文乡试》描写清朝满族一对小夫妻，丈夫去赴试，妻子独守空房时的感情：

自从玉人儿夺魁去，便觉得兰房不似往时青。

……

想从前文会归来谈彻晓，窗课完时也共论文。

今夜里徒增月下徘徊影，枉费花前怅望心。

只落得一寸眉尖愁万缕，九回肠断恨十分。

也不知三条烛尽丹成否，那雅颂声从哪里去寻。

闻说场内夜深寒彻骨，况今年早晚冷热不均匀。

愁只愁臭号里风来无处躲，怕只怕棚号里雨到怎么临文。

郎本是白面书生多懦弱，怎当得寸晷风檐苦用心。

最惊魂明远楼的更鼓敲的心碎，满棘围喝号传呼好怕人。

久听得神祇多少来监试，又听得怨鬼在场中找匪人。

我丈夫平生正直他当回避，况奴许愿持斋念最真。

……

愿郎时样的文章争首荐，也不枉了子夜祈天拜告的勤。

这佳人前思后想柔肠断，九夜何曾一梦沉。

……

本来喜气儿扑人生眉宇，不由的泪珠儿湿透了绣枕衾。

可呵梦神怎不引我观天榜，真真的揉碎了芳心闷坏了人。

等丈夫考完回家后，叙述者又从反面入笔，叙述佳人的情肠：

眼呆斜一歪身倒在郎怀里，泪珠儿纷纷滚滚溅衣襟。

说离情任我增十倍，你寂寞抛奴正一旬。

你们这些应考的都是坑人的手，一阵伤心一阵恨人。

到明春会试奴不可装傻，一定要陪君进那贡院门。

这样的心语化叙述在子弟书中俯仰皆是，所占比例很大。如上述的思妇心情出现在《文乡试》第一回中，篇幅占了整个回的一多半。有些心理叙述甚至会占到整个回目的篇幅，如《红楼梦》子弟书。

另一种是物语化叙述或称景语化叙述。它指叙述主体抓住所叙人物每一次看景、赏景的瞬间，将眼前景物充分渲染出来，从而达到一种情感的转移与释放。子弟书中的人物无论英雄好汉、佳人、才女还是市井细民，只要他们出游、走路甚至在闺房中徘徊几处，都会引发叙述人无限情怀，大胆地描绘人物眼前的各种景物。

如《醉打山门》描写鲁智深，在五台山出家后的一系列破戒行为。叙述者在开头用四句简单介绍了他出家的来由："鲁提辖拳打郑屠是一时之怒，弃官而遁是畏王法拘拿。仓促间颠沛流离栖身无所，无奈何潜踪暂寄梵王家。"之后，叙述笔墨并没有马上转入鲁智深在山中吃酒破戒，而是延宕开来，叙述他眼中的山景：

> 俺何不踱出山门凌空一望，消俺这胸中浩气眼底虚霞。
> 想罢的英雄忙站起，他蓬松着短发撩起了袈裟。
> 到山前纵目遥观一声长啸，说果是洞天福地不比世界浮华。
> 但则见爽气迎人别有天地，红尘远隔满目烟霞。
> 翠翠苍苍是崇山峻岭，红红绿绿是野草山花。
> 状若虬龙是枯松夭矫，形如鬼魅是怪石杈枒。
> 涧底流泉声细细，林间野雀语喳喳。
> 猛回头古刹巍峨云端里，隐隐的钟磬遥传梵语哗。
> 鲁智深散步山前思往事，一番惆怅一嗟呀。

《走岭子》写武松大闹飞云浦之后，在张青夫妇帮助下，化装成头陀连夜奔青州之事。叙者同样没有放过这一叙写景物的好间隙，用优美的笔墨描写了他在路上的所见。先是走大路：

> 武行者起身正是中元节，英雄在路上慢凝眸。但则见一天清爽烟霞淡，万顷黄云禾黍熟。一阵阵金风吹野树，絮叨叨蛩语动离愁。蝉声断续无些儿力，草色苍凉有一半秋。几处柴门歇客店，一点青帘卖酒楼。瞄了瞄去往来回的人不少，这英雄忽然一事上心头。与其在通商大道耽惊怕，何不从幽僻小路奔青州。

接下来叙述人在小路上的景语：

> 好汉想毕将僧衣掖起，慢迢迢步履从容把小径投。望前约走了十来里，见远山翠处把日轮收。满目蓬蒿坟垒垒，半林败叶鸟啾啾。不多时蒙蒙露气沾衣润，隐隐钟声入耳幽。孤零零天涯客对凄凉景，不由人恨锁双眉泪惨眸。

这里叙写并不是简单的景物描写，而是分层次、分时间地叙写出人物在不同景物下的心灵感悟。开始的大路上的景物描写是为了引出后文武松选择走小径，而对小径夜景描写则是在幽寂中渗透出“天涯客”的孤单寂寞。因此，这里对景物的选择有大路景，有小径景；有白景，有晚景；有秋风豪放之景，有秋露凄凉之景，两段对比的景物正是主人公不同时段心情的绝好映衬，达到了“一切景语皆心语”的优美境界。但是，任何艺术手法的运用都有一个度，如果滥用，只能走向相反的地步。有时，子弟书的景语描写甚至会达到“疯狂”的地步，如《游寺》全三回，写张生游寺遇莺莺。三回中几乎所有文字都是张生所见的景物描写，尤其是叙写普救寺花园的景观，竟连用六十七句诗来铺垫。这些诗句只是各种花种名称的堆砌，对人物、情节的表现并没有帮助，毫无抒情感与美感。这样的叙写除了显示叙述人的生物知识外，已失去了景物皆情语的基本美学风范，成为机械之作。

第四节　流动的叙事视角

子弟书的叙述者在讲述故事时，有着不同的叙述视角，这种视角在针对不同叙述主体时会有不同的选择。这就像一台摄像机，掌握摄像机的人会根据景、人物的不同而随时变换、调整镜头，或远或近，或静或动，全依对象而定。子弟书的叙述者如同高明的摄像师，镜头的转换相当流畅自如。具体而言，叙述角度可分为两大类，一类是全知性客体视角，一类是限知性主体视角。对于第一类来说，即叙述者作为全知全能的主宰者，随时在故事内、故事外以及故事内不同人物、场景之间相互转换。这是大多数子弟书故事的叙述视角。这样做的好处在于能轻松地把握整体故事的脉络，对人物的处理也较客观，适合于叙述头绪较多、故事性较强的内容。其基本模式是人物不断变换或轮换，常是一人说几句，另一人再说几句，中间不断穿插叙述人的全知叙述方式，如《访贤》、《玉簪记》等。第二类则是叙述者作为限知视角，为故事中的某一个人进行近镜头的描述。这样往往在叙述中基本只涉及一个主要人物，对他(她)的心理情绪、行动进行叙写，好处便是能细致、生动地刻画人物的内心世界，适合于情节简单而情感突出的内容。其基本模式是主人公不变，而在他的所思、所感、所叹之间变换叙述方式与句式。如《思凡》全三回，全从一个小尼姑角度来写她的思、怨、恨、想，很有特点。下面试举几例来具体分析这两类叙述角度。

一、全知客体视角

在这一类中，叙述的典范之作是《金印记》和《僧尼会》。这两部子弟书作品不是简单的“你说，他说，我说”这样机械地交替，而是抓住几方面人物的叙述特征进行有层次的叙述流动，有详有略，有着明显的节奏变换。例如，《金印记》(全四回)，这四回从整体上看是全知型的叙述视角，叙述者能在局内与局外之间自由地转换。它的四回每回回首都有八句诗篇，但这些诗篇并非如一般子弟书那样，全为叙述人的口吻来叙述并发感悟，而是结合故事，从人物的角度来写诗篇，这样，使诗篇成为叙述主体情节的一部分，结构非常紧凑。头回八句诗开篇即从主人公苏秦眼中写起：

> 西风儿飒飒人冷似冰，哀雁儿声声惨切动离情。古道儿点点金菊开灿烂，荒林儿萧萧落叶任纵横。鹑衣儿飘飘乱举如败絮，云鞋儿步步慵抬似转蓬。功名儿冉冉青云迷楚甸，一路儿迟迟故土恨回程。

这里开头直接入故事，并从苏秦角度叙述出他落魄天涯的孤寂失落。接下来是接着写他因“秦帮不弟归来”见到双亲、兄嫂的情景，因嫂子辱他、讥讽他，致使他暗中发誓“此一去他帮再不登科第，我宁死沟渠不转程”。第二回角度转变，转成叙述人的角度来感慨人世的冷暖：

> 堪叹人生事未全，须知冷暖古今传。
>
> 时乖闲笔悲寒士，运蹇窗前忆志男。

而后用全知视角叙述苏秦路遇叔父相帮，鼓励他去魏国应聘，从此苏秦否极泰来，挂印封侯。第三回则将视角从六国的广阔天地转到闺房之中，从苏秦妻子角度来叙写凄凉。先是几句诗："云净天光分外清，中秋良夜碧空晴。澄澄玉镜添诗性，朗朗冰壶助雅情"，通过中秋之景来抒发苏妻内心之凄凉，而后她对景思夫，花园降香，佑夫回来，并在隔墙兄嫂的笙歌欢语中，"止不住杏眼秋波两泪倾"。第四回，开头则又视角变换，叙述人用四句诗来抒发对苏秦的感慨"一举成名天下闻，寒窗不负读书人。腰金衣紫尊苏相，赴势趋炎笑三亲"，又从全知视角叙写苏秦荣归故里后，错怨妻子"你心改变"，而后在母亲的劝解下，才与妻子重相团聚，"苏季子一躬到地说多谢，命丫环扶侍浩命穿戴衣襟"。这四回叙述视角不停转移，形成了一种流动的叙述视角：

苏秦	——叙述者——	苏妻	——叙述者
（男主人公）		（女主人公）	
（一回）	（二回）	（三回）	（四回）

这样的叙述视角打破了单纯"你一言、我一语"的机械叙述方式，而是在四回中既有人物与人物、故事内与故事外的不断转换，同时在不同回目中又侧重于不同的叙述视角，使男女主人公都有较细致与生动的心绪呈现，深刻地刻画了人物复杂、微妙的情感。从总体看，四回重点各有侧重而又能重点突出，有点有面，有流动叙述又有静止的内心刻画，连成整体是一则故事，每回又有各自的小故事。大故事套小故事，大叙述套小叙述，全知视角含限知视角，形成回环往复而不类同的叙述效果。

《僧尼会》同样属于第一类全知视角叙述，但它的叙述视角又与《金印记》不同。《金印记》全四回每回都有自己的叙述视角，界线较清晰，而《僧尼会》全三回却并不按视角变换来分回。它的三回其实是用一样的全知视角在男女主人公之间交替叙述。因此，我们无法按回目来区分它的叙述角度，但它却有内在的视角变换，需要我们认真研摩之后才可找到。故事叙述的是一僧一尼，两人在下山路上相会而生爱慕之情最后私奔。叙述人没有简单地全知叙述，而是根据事情的发展展开不同层次的内部变换。开头八句诗篇是从叙述者的视角来整体评价佛教中的现象："留下些经卷咒偈觉迷筏，倒作了奸盗邪淫护身符"。我们权且不管，接下来，在头回中用很长篇幅约五十四句，从男主人公小沙弥角度叙写他的所思所想，他"埋怨爹妈太糊涂"，将他送入寺庙，生活清苦："熬的我牙黄口臭肠子细，累的我筋酥力尽手皮儿粗。年节下虽有馒首吃不够，炸些个摆样子的素菜五味俱无。"他偷跑下山想娶一房妻子"陪伴我朝朝日日有情的夫"。而后遇见一位小尼姑，顿觉心窝乱跳骨节儿酥，于是"我不免硬着头皮迎上去，探他的消息是何如"。到此，男女主人公便汇合了。接下来用二十二句转而从尼姑角度叙写她眼中的沙弥："见了小沙弥年纪不过十七八岁，声音儿柔软相貌儿不俗。"这二十几句被"二回"这两个字分开。

在第二回中，接着用三十四句来合叙两人见面又分别各自下山的感觉，"小尼心中丢不下和尚，沙弥意内放不下尼姑"。这里转成全知的视角。而后又从沙弥"恨只恨一见而别不如不见，留下这透骨相思病怎除"来写他对尼姑的相思，共二十四句。这之后是较长篇幅的合叙，包括第二回的后十四句和第三回的前四十六句共六十句，叙写两人重新见面，"沙弥说四野无人空庙宇，双双正好拜花烛"。"小尼姑杏眼飞红说休乱语，一腔奸诈小贼秃"，从叙述旁观的视角写沙弥与尼姑成亲而尼姑害羞娇怒的情感变化与传递。在全文最后，则先用十四句写沙弥与尼姑相约"夕阳西下会"，再用十四句反过来写经尼姑同意与他"夕阳西下会"。这里的叙述句式较整齐，即沙弥说的话与尼姑的话完全相同，亦叫重复："男既有心女有意，哪怕他水涌山高隔路途。约定夕阳西下会，有心妻遇有心夫。"这四句分别从两人口中叙出，从叙述角度看使行文显得整齐，颇有"双水齐汇"之势；从内容看，又用相同的语句点破了两人在情感波折之后的惊人相似，从而对他们冲破教规的"真性"进行了肯定。全文的叙述视角可如下表示：

男主人公→	女主人公→	合叙人→	男主人公→	合叙→	男主人公→	女主人公
(头回)	(	二回		)	(三回	)
限知	限知	全知	限知	全知	限知	限知

这里的叙述视角的转换无法以回目来清晰区分，但它仍有内在的视角转移。男主人公、女主人公、合叙三种叙述视角相互交替，形成流动视角，给人以移步换景的动态感。同时，它的叙述又非平均分配，而是在三者中有所侧重。男主人公叙述视角是出现次数最多、着墨最多的。行文叙述侧重男角，这体现出他对人间男女之情追求的主动。正因其主动示情显意，也使女主人公由羞、怒最终步步退下，转而也与之情意相合。叙述视角的男性化不同于一般爱情故事多叙写女性对爱的缠绵，更多了一种男性的阳刚、果断与幽默气息。这便是《僧尼会》的叙述视角对其内在意义的重要作用。

子弟书的大部分故事情节都是这样，在叙述人与两个或多个主人公之间相互变换，我们在这里分析它的叙述视角除了要分清它的几种视角转换方式外，更主要的是想从中分析出叙述视角流变对人物塑造乃至整个篇章的重要意义。视角的流变体现出子弟书叙述者的高超叙述手法，使行文显得节奏起伏。这里的节奏不是指情节发展的高潮与低潮，而指由视角流变带来的内在叙述律动。这种律动如扇面的开阖，有张有弛，有全景有小景，有此方有彼方。它为读者呈现的扇面是一种全方位、多角度的复合式美丽画面。不仅有扇面的正面，还有侧面、反面等等。而每一面带来的视角感受都是如此鲜知、生动，炫出生命的丰富意蕴。

二、限知主观视角

另一类型的视角是限知性的主观视角。子弟书几百篇作品，其中纯限知视角的作品并不是很多（当然每篇作品中几乎都有某一段是主人公自叙的限知视角）。但这种方式如运用的好，也会写出优美的作品，其中《思凡》全三回较突出。全文三回，除开头叙述者外，只有一个视角，即主人公尼姑的视角。这种限知视角，虽让人看到的情节有限，但却可以引发出无限的情感漩涡。三回只有一个核心内容，即尼姑色空的思凡。思凡是一种心理活动，很难展开情节，但叙述者却能从多个角度来展现女主人公的内心活动，全文没有戏剧的外在情节冲突，却有丰富的内心情感波动。头回，从尼姑的春日感叹、衣着打扮、对他人形成的“招惹感”、山中所见、恨爹娘几方面来叙述。第二回从花烛金帐与清苦的对比、夜晚的凄凉、枕上神态及反问生活的不公来进一步叙述尼姑的情感波动。第三回则从木泥塑造的罗汉对她青春的嘲笑来写她的苦闷，从学习佛经的无聊与人间夫妻快乐的强烈对比来点染她对佛院的彻底绝望。最后，她终于收拾包裹，“战兢兢戴月披星下了山”，寻人间情爱去了。我们不得不佩服此处叙述手法的高超。“思凡”这一单纯的少女情感被叙述人从多个不同角度加以渲染，从而使尼姑最后的“下山”之事顺理成章。这里的视角是女主人公视角，但并不单一，而是又从许多个“亚视角”来呈现这一“主视角”。这些“亚视角”包括很多，如从反面视角写，“招惹的风流子弟魂灵儿醉”。最奇特的是连那些寺院中的木塑罗汉在尼姑心中也有了情感：

见了几个闭目垂头想着我，他想我月貌花容有谁怜。
见几个愁眉双锁叹着我，他叹我辜负青春在少年。
见几个悦色和容笑着我，他笑我无知女子也学禅。
见几个抱膝托腮怨着我，他怨我尘心太盛道心残。

这些罗汉在尼姑心中俨然成为生命中的伴侣，成为清寂寺院中惟一能与她平等对话的“人物”。这种视角将尼姑之苦叙写的无与伦比，令人拍案叫绝。总之，叙述人在这里几乎动用了所有的视角手段，从景物到衣着，从神态到想像，从静思到反问，可以说，眼中景与心中思交相辉映，情之感与思之幻互为照应，呈现一方多彩的心灵之境。这里的视角是主人公一人的限知视角，是有限的，但它所展现的天地广度却毫不逊于全知视角，甚至有时限知的主观视角广度会更阔大，因为人的主观情思是无限的，不受角度的约束，在现实与幻想间进行着奇特的“逍遥游”。这种视角的优势再配上子弟书的诗句形式可谓珠连璧合,极富抒情意味。

以上分析了子弟书的两类叙述视角。可以说,从叙述诗的历史长河来看,子弟书的叙述视角是最丰富与多变的。它们在不同叙述者手中捏揉出叙述人的独特叙述意识,成为叙述的生命形式与载体,幻化出或流变或静止的视角姿态,对于我们考察创作心态(包括其主题意识,性别意识,情感意识)有着极大的帮助。叙述如一扇门,领着我们走近作家的情感世界。

第五节　子弟书的语言与修辞

子弟书的创作者似乎都是语言的高手。这一点,前人多有论及。有的说它"词婉韵雅"[①];有人认为,"至于子弟书的真实价值,本来不在它的音乐曲调,而是在它的丰富多彩的题材内容,高超纯熟的文学技巧上"[②];"其结构内容文字技巧均臻上乘,元曲以外无与伦比者也"[③]。启功先生说它的语言"把五言、七言句子变得有如烟云舒卷,幻化无方了"。从诗的角度说"这个诗的含义,不止因它是韵语,而是因它在古典诗歌四言、五言、七言、杂言等等路子几乎走穷时,创出来这种不以句害意的诗体"。并认为是一种"雅俗共赏的新体"。[④] 还有人赞扬"它的文辞语言,既有通俗简洁,自在朴实的口语,也有华美绚丽、写景如绘的文采,叙写清楚,述情深透,达到情景交融,气韵生动的浑融"。[⑤] 分析最透彻形象的当属日本学者:

> 子弟书是北方的文艺,写起幽燕来,真有生龙活虎的气味。哪怕道光八年(1828)刻本《白雪遗音》、《潮广调》也赶不上这本的写法。子弟书呢,原来是贵族子弟的文艺,因之它的写法

---

① 闲园氏:《金台杂俎》"文武玩意"类"子弟书"条。

② 傅惜华:《子弟书总目》,上海文艺联合出版社1954年版,第11页。

③ 贾天慈:《子弟书作者鹤侣氏考》,民国三十六年10月24日《华北日报》。

④ 启功:《创造性的新诗子弟书》,收入《启功丛稿》(论文卷),中华书局1999年版,第323页。

⑤ 李爱冬:《诗的情韵,文的包容,一代新声:〈子弟书作品选析〉前言》,见《内蒙古师大学报》1994年第二期。

文雅，使一片荒凉的北方有个弓鞋柳腰巾帼妇女孤羁独行，好似弱柳当疾风，嫩花抖春霜。其吐词缀文，源源本本，都有原委，句句都是从古典小说戏曲里出来的。其行文每句合辙押韵，委婉曲折，实在听着顺耳儿。…… 真个是锦心绣口，字字珠玑。便让人不由得啧啧连声（按：指《孟姜女》子弟书）……这样价值很高的作品，非有高度文学资质的写不着。①

这里涉及其语言的总体风格问题。这主要有两种意见，一种是“雅俗共赏”，一种是“高雅”。现代的学者越来越认为它的语言已非简单的雅字可以概括，因为从它大量描写世俗生活的作品看，更接近通俗的民间歌曲，但在许多涉及景物及心理描写的作品中，其语言则较民歌更雅致些。因此，我们可以说子弟书的语言风格是“雅俗”兼容。正如《郭栋儿》子弟书所指出的“生意应分雅和俗，雅俗共赏趣方足。尖团清楚斯为正，韵调悠扬乃是书”。同时，还要区别的一点是，这种雅俗并存并不是割裂开来的，某篇作品雅，某篇作品俗，而是说在总体上讲，某一篇作品本身的语言风格已达到雅而不滞、俗而不粗的境界。这种风格的形成是多方面的，最主要取决于创造者的主体因素。这些人都是八旗子弟，八旗子弟在清代又是受到优待的一个阶层。他们不仅生活优裕，而且接受了严格的汉族文化教育，从汉族诗文曲词中汲取了优良养分。前人就曾赞叹过八旗文人的语言天赋：“《儿女英雄传》的思想见解是没有价值的，他的价值全在语言的漂亮俏皮，诙谐有味。旗人最会说话；前有《红楼梦》，后有此书（指《儿女英雄传》——编者），都是绝好的记录。”② 旗人语言天赋的形成还有赖于他们对民间文艺营养的汲取。《道咸以来朝野杂记》中记载满人果勒敏“颇通词曲，无聊时，所编牌子曲、岔曲甚多，能以市井俚语加入，而有别趣”③。子弟书的语言亦是在民间文艺的基础上达到了一种略带古典诗词风韵的境界。

---

① 〔日〕波多野太郎：《满汉合璧子弟书寻夫曲校证》，日本横滨市立大学 1973 年版。

② 《胡适文存二集》卷二，上海亚东图书馆 1929 年版，第 169 页。

③ 崇彝：《道咸以来朝野杂记》，北京古籍出版社 1982 年版，第 16 页。

子弟书的语言多用北京方言，而北京方言又是众多语言的结合体。《旧京琐记》云："京师人海，多方人士杂处，其间言庞语杂，然亦各有界限。旗下话、土话、官话，久习者一闻而辩之。亦间搀入满、蒙语……又有所谓回宗语、切口语者，市井及倡优往往用之，以避他人闻觉。"[①] 子弟书多使用北京话的口语、旗下语、土语等。有时这几种语言是很难划分的。旗下语可能就是口语、土语。这些语言的运用使子弟书极具亲切感与通俗感。成为子弟书形象感的重要体现，是正规书面语言所无法替换的。苏珊·朗格在《情感与形式》中谈到方言的重要性时指出："方言的运用表达出一种与诗中所写、所想息息相关的思维方式。彭斯不可能用标准英语说到田鼠，甚至注意田鼠时也不能想到它的标准英语的名称"。可以想见，子弟书如把那些方言词汇去掉的话，将会是何等黯然失色。方言使读者或听众在阅读、听书的过程中有一种别于高雅诗词严肃感的另类气息，从而在既陌生又熟悉的语汇中感受到生活的贴近与生趣。因北京话是传统官话的语言基础，所以即使不是北京方言区的人也能基本读懂。这不像吴语小说等作品那样，因很可能根本看不懂而对非方言区的人产生距离。

北京方言的形象性总是很突出的。子弟书中大量跃动着这种语言的魅力。如"嘟囔着"、"粘牙倒齿"、"闹俏皮"（《老侍卫叹》）。《一疋布》中市井人物张国栋与妻子的对话颇有典型性。张国栋想向妻子借钱，但又先不说借，而是以其他话开场，于是引起妻子对丈夫的些微不满：

据我猜必是懊恼我的衣衫破，
你想到俗语儿嫁汉嫁汉是为什么呢？

接着张国栋狡辩与反驳：

张国栋二拇指拨唇舌根儿一响，
说装糊涂呵是诚心要把老张辞。
我问你怎么叫表壮不如里壮好，

---

① 枝巢子：《旧京琐记》，民初刻本。

再比一辈古人姜女儿千里还送过寒衣。

咱们叫真个啵套个亲近可是我望你，

我说了罢可又怕的是你犹疑。

在这几句中，北京方言的儿化音、语气助词、俗语、套话等都呈现了出来。“舌根儿一响”更是使方言的形象感一跃而起。总之，北京语言就是这样，既爽直，又有隐语、暗语，俗谓听话听音，颇耐人寻味。直率起来连动作带语气词；隐晦起来则又拐弯抹角，如不说妻子和自己分手，而是说妻子“诚心要把老张辞”，显得俏皮风趣。含蓄生动兼而有之，真正将语言写活了。

看一下它的行式及押韵。子弟书每句的文词从七到几十字不等，这样，既可运用诗词曲文的紧凑语句及优美辞章，又可摆脱古典诗词曲文受字数限制的文字局限，从而在更长的语句中表达情感，形成定中有变的文词格式。可以说，句子的加长是使它的语言通俗的一个重要标志。句子短小，则需讲究词与词的搭配，文言气息会浓，而当句子加长至十几字甚至几十字时，结构自然会松散，散文化、语气化的词就会出现，这样在句子的拉长中淡化了文词的典丽，如同将一杯糖水冲成一杯半或更多，这样的结果是，饮品的甜度仍然有，只不过被冲淡了。另外，作为叙事艺术，它又必须完全交待清楚故事的前因后果，这些叙事性的句子形式也会冲淡其过于典雅的抒情气息。

从韵脚来看，子弟书的押韵方式完全是当时流行的北方十三辙的韵脚，即当时通俗文艺的流行押韵方式，这也使得子弟书在诗词语言的笼罩下多了一层通俗的气息。“凡歌唱类分十三辙，犹之韵也。如中东、言前、江阳、花发、由求、仁辰、灰堆、依期、蓑波、姑苏、遥条之类。”[①] 子弟书一篇当中，每回可用不同的韵辙，也可通篇仅用一韵。下面试将《子弟书珍本百种》及《车王府藏子弟书》中近四百篇作品所用之韵列表如下：

① 崇彝：《道咸以来朝野杂记》，北京古籍出版社 1982 年版，第 16 页。

韵辙	次数	韵辙	次数
乜斜	9	怀来	24
发花	28	言前	130
一七	47	江阳	81
遥条	35	波梭	30
中东	119	灰堆	22
人辰	105	姑苏	25
油求	48		

从上表可看出,子弟书运用最多的韵辙是言前,其次是中东和人辰。这三种韵都为常见韵。乜斜等险韵很少用。有些助词"呢"、"哪"等也作为韵脚出现,进一步增强了它的通俗性。

子弟书广泛地吸取了民间及文人多种修辞手法,从而形成了一种强烈的视觉冲击力及情感震撼力。语言的修辞已不是简单地个别地方运用,而是几乎每一篇作品都有好几种甚至十几种的修辞手法,达到了处处皆修辞、时时巧构思的地步。语言在这些修辞手法的强化渲染之下,显得摇曳多姿。修辞,中国古代早已用之。《易经》中云"修辞立其诚"[①],最早提出了这一概念。但与今天的修辞含义不太一样。刘勰在《文心雕龙》中多处提到"辞"这一概念:"以情志为神明,事义为骨髓,辞采为肌肤,宫商为声气,然后品藻玄黄,摛振金玉,献可替否,以裁厥中。"[②] 西方学者对修辞学的研究也很具体。罗曼·雅可布逊甚至将比喻和借代即"类聚性"和"连接性"视做文学构成的基本方式。[③] 尼采则认为,古希腊哲学的陈述其实都建立在修辞之上,"真理是由一群比喻、借代、拟人等修辞方式所组成的修辞大军,也就是说是经由诗与修辞提升、转换、美化了的人际关系的总合。真理其实是空假、虚妄的东西,只是其虚妄性被遗忘了罢了。真理只是经过不断使用而失去了比喻性的比喻,有如铸纹被磨平而失去铜币价值的铜板"[④]。当然,西方的修辞

---

① 《易·文言》云"君子进德修业。忠信,所以进德也,修辞立其诚,所以居业也。"

② 刘勰:《文心雕龙》"附会"第四十三。

③ 高辛勇:《修辞学与文学阅读》乐黛云序,北京大学出版社 1997 年版。

④ 同上书,第 43 页。

与中国的不完全相同，它更多地指整部作品的象征性寓意。中国从《诗经》、《离骚》开始已形成比兴、排比、比拟等多种修辞手法，构成汉语文学的独特魅力。到了明清时期，无论是文人叙事诗还是民间说唱鼓词，它们中虽也有修辞的运用，但并不典范集中，一般仅成点缀。子弟书则不同，其中的修辞运用可谓此起彼伏，环中套环，成为子弟书艺术的独特风景。

修辞已不仅仅是起装饰作用的点缀，在某些情形下，已超越了“雕虫小技”的范围，而成为一种生活姿态与人生意识。修辞不仅可传达意义，“修辞的形式本身也会涵蕴价值观念”[①]。如比兴，在传达诗意、引发下文的同时，它本身也体现出中国古人对含蓄隽永的价值追求。陈望道将修辞分为三个境界：记述的境界、表现的境界、糅合的境界[②]。子弟书中的修辞属于第二种：表现的境界。即诗化语言及辞格表现出创作主体的情思，带有很强的抒情意味。在子弟书中，大量的排比、反问、复沓等修辞手法，主要是用来表现人物的情感。在作家自觉不自觉的运用中，已将这些辞章化为生命的浅斟低唱。在修辞学上，修辞分为两种：消极修辞与积极修辞。消极修辞主要指如何文从字顺；而积极修辞则指多种辞格的运用。这里面我们讨论的是积极修辞。子弟书运用的辞格有以下几个特色：从数量上看，具有密集化；从篇章结构看，具有赋赞化；从内涵上看，具有诗情化。

密集性：子弟书所运用辞格之多，在文学史上可谓首屈一指。篇篇有辞格，回回有辞格，甚至每回中每隔数句诗行就要运用几个辞格。这些修辞使得整部作品具有了美伦美奂的艺术特色。同时，每篇中虽有很多辞格的运用，但却并不显得拥挤，相反，给人一种处处皆春色的感受。如《思凡》共三回，其间运用了排比、比兴、反问、拟人等多种手法。仅以排比句看，全文共二百五十句，其中运用排比句的竟多达一百零一句之多，而且分布于每回中的许多地方，其中第二回连续用了七次排比，其分布可谓密集。其运用之

---

① 高辛勇：《修辞学与文学阅读》乐黛云序，北京大学出版社 1997 年版，第 3 页。

② 陈望道：《修辞学发凡》，上海教育出版社 1976 年版，第 3 页。

多,似一江之水,随势而流,绵绵不绝。正如江南水乡密集的水网赋予当地以灵秀与富饶一样,密集的辞格运用赋予子弟书以色彩与灵韵。子弟书的排比不是简单的密集,而是在句式变换中体现生机。《芙蓉诔》中宝玉祭诔晴雯的诗句更加复杂。此回中竟连续一百三十一句用了排比!笔者试把它的句式做一整理分类。全部诔句中共有七层大句式的变替,其中每一句式内又有小的句式流变:

第一句式:"你那里有圣有灵来享祭,我这里无知无识只哀鸣"对比句式,共七句。

第二层:"叹只叹你生前哪有亲骨肉",一、三字重复式句式,其中又套有"叹只叹"、"忧只忧"、"哭只哭"、"哀只哀"、"恼只恼"、"怨只怨"、"惨只惨"等类似句式共十四句。

第三层:"可爱你温柔贤惠礼节儿晓",第二字变换句式。其中包括"可爱你"句共十六句,"可感你"句共十六句,"可叹你"句十六句。

第四层:"再不能上元同把花灯放"句式,共有"再不能"十六句。

第五层:"我为你人间找遍了还魂草"句式,共有十六句。

第六层:"想得我每日发呆如木偶"句式,共十六句。

第七层:"只哭得冷露凄凄浸泪眼"句式,共十四句。

这是现存子弟书中运用汉语排比句式最多的一段。其中排比中又套有排比,有死后茫茫与生前亲热的冷热对照,有痴情万种与万事皆空的动静映衬,有仙者已去与鸟哀猿啼的人景烘托。汉语辞章修辞的抒情特征在这里运用得淋漓尽致。在这些复沓的诗句中,作者或者巧妙地置换几个关键字词,或者变换成他种句式,从而使诗章之间形成时间与情感的层递。具体说,先由第一层对景生情的强烈对比,然后再到对故人的绵绵思念,再到情感的升华,即第七层句式中所描述的与天地同泣共悲。这样就将广阔的人间天地连在一起,将生命的曲折情思咏叹出来。这种层层深入的时空结构深化了诗情画意,增加了抒情容量,谱写出天地同感的流动乐章。

赋赞性：子弟书运用修辞中，最有特色的当数排比句。排比修辞在子弟书中占据了首席地位，而且它的排比具有自身的特性：赋赞化。子弟书中排比有时几乎占了整个篇幅，这样的句式已非简单的修辞字样可说清楚。因为它从整体情势上讲已具有了铺陈敷衍的气势。即：子弟书中的排比是“诗赋”化的，大段的整齐排比一气而下，而后又在句式的重新组合中变幻出新系列的排比句式。这样的铺陈渲染使全文带有一气而成又变中有定的整体美。赋，古人解释：“赋者，敷陈其事而直言之。”[①] 为了渲染一种情感，它会从春夏秋冬、月树风云、鱼雁鸟兽等多种角度进行铺陈，极尽敷陈之能事。如“响当当禅堂云板招人厌，冷清清殿角金铃入耳烦。闹嚷嚷钹铙钟鼓把心敲碎，韵悠悠笛管笙萧把意惹酸”(《思凡》)。

诗情化：刘勰曾在《文心雕龙》中对辞藻之赡不无微词，这与刘勰的个性追求、文化语境等有密切关系。中国人自魏晋之后，在语言上大多以“简约”、“空灵”为审美旨归，文学史上多次出现反骈文的运动。然而子弟书的修辞语言却在某种程度上近似于“赋”的铺陈与“骈文”的工整华丽。但大量的美辞及辞格的运用并不给人以浮华之感，反而会在其语言的渲染下带领读者进入一种诗的意境。这便是子弟书修辞的第三特色：浓烈的诗情化。优美的语言之所以给人以震撼力，是因为在其深处有着真挚的情感。子弟书创作非为功利，也不是御用，而是在汲取民间文艺通俗真挚的基础上而形成的一种文体。这样，它摆脱了纯文人文体的拘束，在华美辞章之下流淌着性情之河。它汲取了赋体、骈体的语言优势，摒弃了它们单纯对景物的铺陈与歌功颂德，以赋、骈之文采糅以民歌之风骨，从而产生了诗情画意的流畅辞章。如《思凡》中几句：

凄凉凉无情的冷月孤帏照，忽喇喇多事的春风把愁幔掀。
静悄悄满院青阴竹影碎，香馥馥铺阶红绵落花残。
昏惨惨百盏琉璃明又暗，孤零零四幅单衾多半闲。

子弟书辞格这里主要分析了排比，其他如比拟、反问等经常被

① 朱熹：《诗集传》。

包裹在大型的排比长句中。子弟书的排比句在用语上有它独特的地方，其中最主要的有两种："叠字型"与"重句体"。

子弟书在铺排时几乎离不开双声叠字，即"叠字型"。除上述例子中的叠字外，如"战兢兢"、"轲登登"、"冷森森"、"泪盈盈"、"软切切"、"颤巍巍"、"娇滴滴"、"笑吟吟"、"韵悠悠"、"悲切切"、"意迟迟"、"永恹恹"、"愁默默"、"冷清清"、"荡悠悠"、"水灵灵"、"急忙忙"、"遮掩掩"、"喘吁吁"、"乱纷纷"、"当啷啷"、"一拧拧"等。关于叠字在语言中的应用，刘勰曾以《诗经》为例进行评点："诗人感物，联类不穷。流连万象之际，沉吟视听之区；写气图貌，既随物以婉转；属采附声，亦与心而徘徊。故'灼灼'状桃花之鲜，'依依'尽杨柳之貌，'杲杲'为日出之容，'瀌瀌'拟雨雪之状，'喈喈'逐黄鸟着声，'喓喓'学草虫之韵。皎日彗星，一言穷理；参差沃若，两字穷形。并以少总多，情貌无遗矣。虽复思经千载，将何易夺？"① 子弟书中的叠字非常多，几乎人物所有的神态、心态、动作在这里都可以找到相对应的文字。同时这些字又很少重复，在每一回、每一句中都会根据人物的特点而采用新的叠字，因而它们代表了人物每一次微妙的情态变化，真正达到了"情貌无遗"。

另一类很奇特，重叠的字被分开，形成类似波浪的起伏型排比，也叫"重句体"。如：

恨一回双亲悲一回自己，思一回往事恼一回从前。
叹一回孤身怜一回瘦影，滴一回珠泪蹙一回眉尖。
立一回花阴看一回星斗，掩一面翠袖怨一回春寒。
展一回单衾倚一顺绣枕，数一回更漏愁一回难眠。

——《思凡》

蹙一会眉头儿有一时自笑，
捻一回裙带儿咬一回罗巾。
枕头儿有一时紧抱有一时枕，
玉腿儿有一时斜压有一时伸。

---

① 刘勰：《文心雕龙》"物色"第四十六。

翠被儿有一时盖满有一时推却，
银灯儿有一时怕亮有一时嫌昏。

——《送枕头》

翠袖儿一半儿轻垂一半儿挽，
玉腕儿一支舒放一支儿横。
罗裙儿一半遮藏一半儿敞，
底衣儿一阵儿幽香一阵儿浓。

——《滚楼》

这样的文字毫无修饰之感，读起来如民歌朗朗上口，尤其适合描写人物的细腻情感，如爱恋。在后来的大鼓等曲艺形式中经常使用。

第四章　子弟书艺术活动研究

子弟书艺术活动因资料甚少，前人很少论及，而其艺术活动恰恰是子弟书文化现象的感性显现。子弟书的文本较固定，而它的艺术活动包括演出场地、伴奏、演员的演唱、观众的参与等等却是流动与互动的，充满着鲜活的现场色彩。确切地说，子弟书只有在一定的演出场所中轻启三弦，再用细腻的唱腔将文本演唱出来，这种曲艺活动才算真正赋形。它的艺术活动充满了流动的因素，它的生命也在这种波动流转中展现得蓬勃多姿。

第一节　演 出 场 地

戏剧演出（包括曲艺）包括四大要素：剧本、剧场、演员和观众。这几大要素在不同民族、不同文化中有着不同的特征。从研究角度来看，戏剧艺术的研究传统分两种道路，即剧场（Theatre）艺术史和剧本（Drama）文学史。具体到曲艺就是：场地艺术史与唱本文学史。“剧场”一词是从西方戏剧史引进的，不太适合中国曲艺。所以我们把它叫“场地”更合适。场地是任何一种艺术活动的空间依托，对子弟书也不例外。这种场所既限制了此种艺术的足迹范围，又给它以吟唱抒怀的空间，具有双重功效。中国曲艺研究者多重视唱本文学的研究，而对场地艺术则很少涉及。笔者在此想通过子弟书演出场所的分析使大家对子弟书艺术有更完整的了解。

从历史上看，曲艺演出场所主要以两种形式并行发展：流动场所与固定场所。宋代时，艺人演出场所最原始的是撂地为场，称“打野呵”。南宋笔记记载：

> 今之艺人，于市肆做场，谓之“打野泊”，皆谓不着所，今谓

“打野呵”。[1]

《武林旧事》中载：

> 或有路歧，不入勾栏，只在耍闹宽阔之处做场者，谓之“打野呵”，此又艺之次者。[2]

这些记载说明曲艺活动的重要场所之一是简陋的露天场所。同时还有一种形式是固定场所。这主要是由于贵族家庭逐渐喜欢上了这种艺术，于是堂会性质的曲艺场所很早就出现了。这种场所虽没有野外作战的方式灵活，却在一定程度上使曲艺走上了精致与固定。从宋元以来的各种记载看，各种酒楼、茶馆、歌馆等场地纷纷可为曲艺所用，演出场地之广，遍及整个市井。《梦梁录》记载了这种情形：“街市有乐人三五为队，擎一二女童舞旋，唱小词，专沿街赶趁。…… 或于酒楼，或花衢……”[3]

到了清代，曲艺场所不仅名堂繁多，而且有了较严格的雅俗之分。大致划分起来有两种，一种是雅化的堂会式场所，一种是趋俗的地摊式场所。《北京老戏园子》一书这样说：

> 乾隆年以前，社会上演出场所分为两类：一类是内设戏楼的饭庄、酒楼和会馆戏楼。……戏班称“出堂会”，文人又称“觞演”。……另一类是平民娱乐场所，如天桥的大戏棚、地摊戏及市井中时而演戏时而演杂耍的小茶园。[4]

到了清中后叶，曲艺演出场所渐趋多样化。有些地方如茶馆很难用雅俗来划分。中国曲艺向来地位不高，其场所往往接近地摊式。即使某曲种以后发展成大气，它也仍以市井场所为主。相声大师侯宝林年轻时就曾在北京天桥撂地卖艺。这些曲艺都在长期的发展中演出场所才渐趋雅化，即由撂地为场到堂会式场所。而子弟书则不同，从一开始演出场所就较雅化。《北京旧事》中提到

---

① 《稿简赘笔》，转引自周华斌：《京都古戏楼》，海洋出版社 1993 年版，第 6 页。

② 四水潜夫辑：《武林旧事》卷六“瓦子勾栏”条，西湖书社 1981 年版，第 93 页。

③ 吴自牧：《梦梁录》卷二十“妓乐”条。

④ 侯希三：《北京老戏园子》，中国城市出版社，第 85 页。

子弟书时说：

> 演唱时以八角鼓击节，称之为子弟书。在八旗子弟们组织的书社（也称诗社）里，由唱词作者演唱自己的新作，以此自娱娱人，这种书社也称票房。①
>
> 大约是在道光年间，北京城里的一些满清贵族子弟因为终日无所事事，经常聚在一起以演唱子弟书作为自娱自乐打发光阴的手段。……票房大都设在王府、贝勒府中比较宽敞的房间里，屋内陈设讲究，各种乐器齐备，票友们聚在一起吹拉弹唱，倒也自得其乐。……有大户人家办喜事，请票友们去演唱，更可以大显身手……据《旧京琐记》记载，清末二黄（即京剧）流行，"因走票而破家者比比"。②

可见子弟书演唱场所主要分两类，一为书会，二为堂会，创作及听众基本都是满族八旗子弟。一定的文学素养、悠闲的生活及清廷特殊的待遇，这些都决定了它的场所性质——雅致化与自娱性。

从场所性质看，子弟书场所不如戏曲那样固定，规模宏大；与其他曲艺相比，子弟书的演出场所则又相对雅致与固定。即，并不是曲艺演出的地方都适合子弟书，像天桥等杂耍之地，曲种混杂，多搭棚的地摊戏，随意性很强，子弟书是不屑"光顾"这种地方的。那么，子弟书都有哪些演唱场所呢？现存史料没有明确记录，但我们仍可从中找到一些蛛丝马迹。下面试从原始资料中爬梳出它的基本情况。其演出场所，据笔者统计，约有以下几处：

1. 景泰茶园

亦称"景泰轩"，位于东四牌楼隆福寺东街路北。同治间开业，为曲艺演出场所。清代笔记云："当日内城只东四牌楼南之泰华轩、隆福寺之景泰二处，时演杂耍、八角鼓、曲词之类而已。"又云："随缘乐，本名司瑞轩，名尤者，说唱诸书，借题讽世，笑话百出，每

---

① 余钊：《北京旧事》，学苑出版社 2000 年版，第 487、472 页。
② 同上。

出演景泰、泰华诸园，能轰动九城”[1]。后有曲艺家刘宝全、莲花落艺人等曾演出于此。清末民初改建后称“蟾宫影院，后改称长虹电影院”[2]。

《须子论》子弟书：“瞄见了报子贴出子弟排演……须子接着说野茶馆子比不得景泰茶园。”

2．芳草园

今朝阳门外。《道咸以来朝野杂记》中说：“朝阳门外之芳草园，鸡市口之隆和园，今皆废。”[3] 可见此园建园时间较早，咸丰以后渐废。

《须子谱》子弟书：“芳草园今日说什么新出的太平”。

3．中和园

乾隆末年出现的京城七大名园之一，位于大栅栏附近粮食店街。

《窃打朝》子弟书：“过水面你吃了三十多碗，萃庆班那日听的是《翠屏山》。……喝酒中间你又挑了眼，要罚我六日连台的中和园”。

4．乐春芳

《天咫偶闻》卷七载“余髫年时……地安门之乐春芳皆有杂爨，京师俗称杂耍……内城士夫皆喜观赏”。

《郭栋儿》子弟书：“乐春芳是个说书的督会处，几年来或评或唱有多少江湖。”

5．拐棒楼

《绿棠吟馆子弟书选序》说子弟书名家韩小窗“嘉道间尝游于京师东郊之青门别墅所谓拐棒楼也者”，看来此地是名家云集之

---

① 崇彝：《道咸以来朝野杂记》，北京古籍出版社 1982 年版，第 8 页。
② 侯希三：《北京老戏园子》，中国城市出版社，第 329—330 页。
③ 崇彝：《道咸以来朝野杂记》，北京古籍出版社 1982 年版，第 8 页。

所。具体位置不详，西城区有拐棒巷，但并不是东郊。

《拐棒楼》子弟书："穿松拂柳到东郊外，不期而遇来至拐棒楼前……弦响处气概从容排东韵，说的是遇吉别母的《宁武关》"。

这些场地分布于北京内城及外城的不同区域，其中主要是外城。清代自八旗入京，内城为满族人居住。为让八旗子弟安于习武学文，所以各朝都在内城禁设戏园，禁止八旗子弟从事曲艺活动。"乾隆二十七年又奏准，前门外戏园酒楼，信多于前，八旗当差人等，前往游戏者，亦复不少。……仍令督察五城顺天府各衙门出示晓谕，实贴各戏园酒馆，禁止旗人入"[①]。道光十八年上谕禁止旗兵弹唱。[②]《燕京岁时记》中说：

内城无戏园，外城乃有。盖恐八旗兵丁习于逸乐也。[③]

《天咫偶闻》卷七也提到，"京师内城，旧亦有戏园。嘉庆初以言官之请，奉旨停止，今无知者。"只是到了后期因各种戏曲、曲艺活动影响之大，遍及子弟，内城无法抵挡艺术的诱惑，才陆续有了一些戏园。如果再加上许多不知名的茶园，范围会更广，由此也可看出当年子弟书演出的盛况。这些演出场所虽多而不杂，有其共性。比如天桥这样的杂要场所是没有子弟书的身影的。因为天桥撂地说书等曲艺活动纯粹是为了挣说书之资，子弟书的演出场所却并非为挣钱。《拐棒楼》子弟书说："虽设有洁净桌椅不卖座，为的是预备子弟众名贤"。在这里子弟书的参与者可以品着清茶，品评文本风格及演唱水平，交流创演心得，所以具有书会性质。

这种性质的曲艺活动在今天的老北京处仍有痕迹。京城的曲艺自娱活动，笔者实地考察到的有以下几处：

第一，聚贤曲苑。位于新街口正觉巷。名为曲苑，实际是一钱姓老满族人的家。四合院式建筑。每周聚会演出一次，至今已有二十年历史。

---

① 参见王利器：《元明清三代禁毁小说戏曲史料》，上海古籍出版社 1981 年版，第 45 页。

② 同上书，第 74 页。

③ 富察敦崇：《燕京岁时记》"封台"条，北京古籍出版社 2001 年版，第 94 页。

第二，茶会式曲会。崇文区小学课外活动中心院内，每月活动一次，

第三，永定门外，每月聚会一次，环境高雅。

京城曲苑不止这些。这些演出场所保留有子弟书演出的痕迹，演员即在座的观众，主持者也能说会唱。这些场地或在某人家中，或临时借用他人场所，总之，一切以自娱自乐为主。另外，这些演唱场所还进行曲艺文本的交流与评点，或把前人鼓词进行改造后再度演唱，以此进行书会性质的曲艺交流。

除此外，还有堂会式演出。《子弟图》云"每遇着家庭宴会一(凑?)趣，借此意听者称为子弟书"。这种演出主要以自娱自乐为主，往来于八旗贵族家庭之间，主家与演者之间不是雇佣与被雇佣的金钱关系，而是平等的礼节往来。他们之间或是朋友，或是受人邀请，不收钱财。

总之，子弟书的演出场所因只有子弟书作品中的某些简单描写而很难确定，但从上述史料及现在的曲艺活动中可以大致看出它的场所性质：自娱性与书会性。子弟书从一开始便是满清文人的创作，所以才会出现书会化的场所，以便文人之间进行演唱和创作的交流。后期因逐渐参与了商业活动，有瞽者用以演出挣钱。启功先生曾提到幼时听瞽者在自家演唱子弟书的情况：

> 我在十岁以前，所见"杂耍"场面上已经没有子弟书的位置了，只有家里常来的两位老盲艺人能唱。这种盲艺人，称为"门先儿"，即是做门客的先生。当时对艺人统称"先生"，说快了成为"先儿"。这些门先儿常在书房、客厅中陪着宾主坐着，有时参加聊天，有时自弹自唱。他们多能喝酒，会说笑话，会轰着小孩用骨牌"顶牛儿"，可以说是一些"盲清客"。每当他们拿起乐器来唱，我听到如果是唱子弟书，立即跑开玩去，可见这种唱法的沉闷程度。[①]

所以，它的演出场所较先前宽泛了许多，这些以此为生的艺人

---

① 启功：《启功丛稿》(论文卷)，中华书局1999年版，第312—313页。

可以走街串巷，使子弟书的演出场所趋于商业性与世俗性。我们可将子弟书的场所演变如下表示：

茶园（书会场所）
　　　　　　　　＞流动卖艺（商业场所）
堂会（自娱场所）

演出场所是连接唱者与听者的基本纽带，场所的性质状态、听众与演员的关系等因素构成了特定的剧场文化氛围，直接影响到它的演出性质及艺术特质。把子弟书作为立体艺术研究就会发现，演出场所是打开其艺术之门的重要一幕。

第二节 伴奏乐器

曲艺的伴奏乐器总体较戏曲伴奏乐器少，这是因为曲艺演出场地小，常常只有一人主唱，不像戏曲那样有不同的角色轮流上场，所以曲艺伴奏较为简单。如京韵大鼓的伴奏乐器为三弦、琵琶、大鼓；弹词的伴奏为琵琶及小三弦。子弟书的伴奏乐器更简单：三弦。以上器乐古代属于“弦索”，是中国古代说唱的主要伴奏器乐。而三弦又是弦索的主要成员。《中国民族音乐大系·民族器乐卷》介绍说：

> 三弦又名“弦子”，可能是从秦代的弦鼗发展而来，属直项琵琶类乐器。清毛奇龄《西河词话》中曾说过这样的话：“三弦起于秦时，本三代鼗鼓之制而改形易响，谓之弦鼗，唐时乐人多习之。世以为胡乐，非也。”而三弦之名称据明杨慎（1488—1559）《杨升庵文集》所载：“今之三弦始于元时。小山词云：‘三弦玉指双钩，草字题赠玉娥儿。’”①

可见三弦起源很早，它的历史甚至比琵琶等从胡人传来的传统乐器还要悠久。宋元至明代，各种“弦乐调”经常用三弦或琵琶伴奏，清初沈远《北西厢弦索谱》中的曲子即用三弦伴奏，这说明中国

---

① 李民雄执笔：《中国民族音乐大系·民族器乐卷》，上海音乐出版社 1989 年版，第 103 页。

的说唱艺术最早就开始用三弦伴奏了。三弦传统上因地域影响而分大三弦与小三弦。“相传在19世纪中期，河北高阳县唱木板大鼓艺人马三峰把小三弦相应扩大成大三弦，受到北京说唱艺人的欢迎，从此大三弦就流传开来，与小三弦并存。在民间，大三弦多用作北方各种‘大鼓’曲种的伴奏乐器。而南方的弹词类说唱和昆曲等戏曲乐队、民间合奏等艺种则多半选用小三弦。”① 明沈宠绥《度曲须知》中说“惟是弦位置，其近鼓者，亦犹上半截箫孔，音皆渐揭而高；近轸者，亦犹下半截箫孔，音并转低而下。”② 这个一头有鼓的器乐就是三弦。《扬州画舫录》中讲到三弦的伴奏技术，说：“此技有二绝，其一在做头断头，曲到字出音存时谓之腔，弦子高下急徐谓之点子。点子随腔为做头；至曲之句读处，如昆吾切玉为断头。其一在弦子让鼓板……鼓随板以呈其技，若弦子复随鼓板以呈其技。于鼓板空处下点子谓之让，为能让鼓板，乃可以盖鼓板，及俗之所谓清点子也。此技徐班唐九州为最。”③ 这里讲的是昆曲中三弦的演奏技巧。清中叶后，三弦等弦索的演奏名家不断，其中不少是瞽者。《道咸以来朝野杂记》中说：

> 此技惟瞽者能之，道咸间有王声远者，士大夫多延之。盖与石玉昆之说书相并也。……王瞽师于此外，最精于西韵书。西韵者，出于昆腔，多情致缠绵之曲，如玉簪记、会真记诸折皆有之。……王君之后，有瞽人赵德璧者，号蕴山，在同、光之际最负名望，各府第及大员之家，无不走动。非但精于西韵书及十三套，凡昆曲、杂曲、谈八字，无不能之。④

这里提到王声远长于西韵，而西韵又是子弟书的一种唱法。可见，在子弟书盛行的道、咸、同年间，它的伴奏技艺也是名家各出，为子弟书说唱艺术的繁荣谱写了华美的乐章。至于子弟书的三弦演奏技法，资料很少，仅有《书词绪论·调丝》一节中有珍贵的记载：

---

① 李民雄执笔：《中国民族音乐大系·民族器乐卷》，上海音乐出版社1989年版，第104页。

② 杨荫浏：《中国古代音乐史稿》，人民音乐出版社1990年版，第904页。

③ 李斗：《扬州画舫录》卷五，江苏广陵古籍刻印社1984年版，第124页。

④ 崇彝：《道咸以来朝野杂记》，北京古籍出版社1982年版，第8—9页。

> 夫书必有弦以随之者，欲气之舒畅也。古之人抚琴而歌，鼓瑟而歌，叶笛而歌，倚洞箫而歌，谱箜篌而歌，以及弹铗击筑，无不倚器成声。盖以徒口而歌，毫无节奏，欲气之舒畅，不可得耳。弦之随书，其义亦不外此。然弦贵正大而忌纤巧，贵和平而忌躁率。无论其音调高下，总要与声气相调。骤听之，其音枭枭，惟知说之者之技神；细按之，书中字字之头尾腰韵，无不毕具。宛如弦之说书，而非人之说者，方为尽美尽善。其习之之法，总要一字一音，均得乎正，然后久而熟之，自然手口相应，不爽毫厘。即或不能如是，宁可缺而勿弹。其音调簌簌落落，若断若连，未尝不妙。切不可信手胡弹，以图藏拙。更不可刻意求工，以图斗巧。往往有定弦之后，即纵肆繁音，直如游街之瞽，令人生厌。在其人未尝不栩栩自得，竟不知其口未开，其俗态早随弦音而流露矣。①

关于三弦与说唱之关系，前人没有过多的研究，下面笔者试运用符号学观念，将三弦视为一种艺术符号来分析它与子弟书的关系。所谓“符号”，按美国符号学家 Charles Sanders Peirce 的说法，即“某物在某种关连或理解能力之上，对某人象征另一事物。”② 这一符号的运作过程，包括三个元素，即：符号、对象和转译。对象指符号所要传达之物，而转译指接收者（听众，演员等）收到符号后的理解或所做的解释。三弦作为符号，不仅仅是让人听的，其本身就是一个复杂的系统：

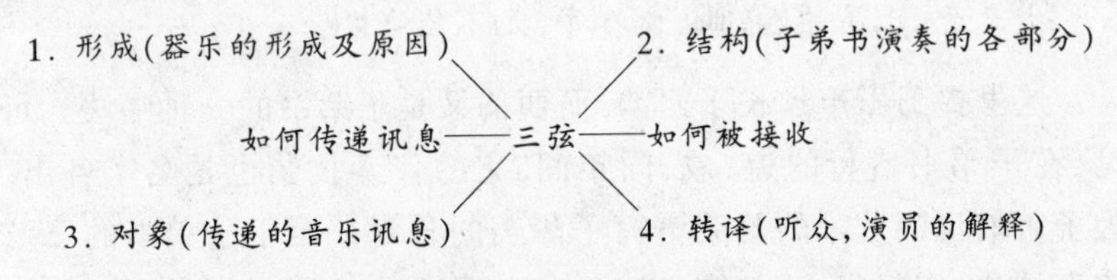

在这里，三弦构成了特定的艺术流程，它不仅是简单的发声，

---

① 顾琳：《书词绪论·调丝》，收入关德栋、周中明：《子弟书丛钞》，上海古籍出版社1984年版，第828—829页。

② 转引自翁伯伟：《谁傍谁？——浅谈京剧锣鼓与京剧舞台演员的相互关系》，收入台湾《民俗曲艺》，第125期。

还涉及形成原因、传递的讯息及与接受者的关系等。它传达的是子弟书艺术活动的古典气息。下面我们对上表中提到的四个方面分别进行探讨。

一、形成

中国的说唱艺术与三弦相依相伴。子弟书的器乐伴奏继承了传统风情而又独具特色。三弦虽只有外弦、中弦、里弦三根琴弦，但却可通过演奏者弹、挑、搓、轮、吟、揉等指法变幻出丰富的音乐形式。它可以根据唱者的快慢、高低进行灵活的调节。三弦的皮面上按竹制琴马，可以自由移动，这样就可以选择能发出最佳音色的部位。子弟书的演唱多为自娱，有着一定的灵活性。三弦的正弦会受演员嗓子条件的制约，三弦的音域自 $g—a^3$，甚至到 d^4，适于不同演唱者的个性演唱。三弦作为子弟书的伴奏器乐是和它的音色特征分不开的。子弟书演唱时曲调或高昂或低婉，而且一般是小场地演出，所以必定要求器乐明亮质朴，能衬托演唱者的艺术音色。三弦正适应了这一要求而成为子弟书演唱的伴侣的。

在为曲艺演唱伴奏时，不同曲调的演唱会采用不同的主奏乐器，以突出不同曲艺的音乐风格特征。这一点北方曲艺与南方曲艺有着很大的差异。南方弹词，如苏州评弹，因为演唱者的发音方式较多鼻音，再加上吴语，所以它的伴奏器乐除三弦外，还有琵琶。因为琵琶的音色较三弦更为轻柔婉丽，与评弹华丽娇柔的丽色嗓音相吻。而子弟书的演唱无论高昂或低婉，却是北方民族的演唱方式，就像内蒙的马头琴一样，北方曲艺中的三弦在优美的演唱中更衬托出北方民族的质朴与雄健。另外，子弟书演唱者一般均为男性(包括晚期的瞽人演唱)，故而男性的音域特色尤其适合用三弦伴奏。这与弹词今多女性演员不同。

二、结构

这里的结构指演奏的各组成部分，包括演奏姿势、演奏过程等。三弦在伴奏中，会结合情节适当调整一些演奏手法，或急如繁弦，或缓似清风，为演员的演唱及整体艺术效果作出很好的陪衬。

子弟书音乐属叙事音乐，在演出中，需要结合不同人物、情节叙事的脉络进行巧妙的叙事。而这种陪衬不是可有可无，而是与演唱相得益彰，缺一不可的。甚至，它就是演出的一部分。因此，它的结构是随情节的发展而变化的。

三、对象

这里的对象即器乐所传达的音乐讯息。当款定三弦之时，演员尚未发音，而绵绵古雅的三弦已缓缓流出音乐之声，整个演出也正式启动。而在演唱者中间休息换气之时，三弦之声仍然响着，艺术活动在继续。这种流动的音乐会持续到演出的最后一刻。它传达的是一种如泣如诉的生命情感的律动。三弦对于子弟书而言，相依相伴，呈现出相濡以沫的音乐关怀。这就是传递的音乐讯息。

四、转译

转译涉及艺术与接受主体的相互关系。优雅的器乐伴奏会与在场的每一名听众引起共鸣，勾起听众、演员丰富的情感形式。演员会以自己的感悟方式去演唱，听众也会作出不尽相同的情态。同时，演员、听众的反映又会反馈到三弦的演奏者那里。就这样在无数次互动的解释、参与、反映中达到了艺术的最佳效果。

第三节　音乐曲调

子弟书的曲调是一棘手问题，因为它的曲调已失传近百年。《天咫偶闻》云：

> 昔日鼓词，有所谓子弟书者，始轫于八旗子弟。其词雅驯，其声和缓，有东城调、西城调之分。①

《金台杂俎 》中说：

> 分东西城两派，词婉韵雅，如乐中琴瑟，必神闲气定，始可

① 震钧：《天咫偶闻》卷七，北京古籍出版社 1982 年版，第 175 页。

聆听。①

乾嘉间得舆所著之“草珠一串”，内有“西韵悲秋书可听”句，自注云：

> 子弟书有东西二韵，西韵若昆曲，悲秋即红楼梦中黛玉故事。②

《燕京岁时记》云：

> 戏剧之外，又有托偶、影戏、八角鼓、什不闲、子弟书、杂耍把式、像声、大鼓、评书之类。……子弟书音调沉穆，词亦高雅。③

《书词绪论》中说：

> 然仅有一音。嗣而厌常喜异之辈，又从而变之，遂有东西派之别。其西派未尝不善，惟嫌阴腔太多，近于昆曲，不若东派正大浑涵，有古歌遗响。④

《书名》岔曲中又说：

> 硬书的调儿高，快书是硬砍实凿……子弟书三眼一板实在难学。⑤

以上记载只言片语，意思大致相同。从中看出，子弟书曲调的特色，一是分东城调与西城调，二是总体音调沉婉，三是板眼节奏为三眼一板，属于慢板。这是从中总结出的大致情况，但除此而外，子弟书的音乐形式到底是种什么样子，目前还缺乏详细的资料。笔者想就上述的第一点即有关子弟书的曲调分类进行辨析。

上述史料都表明子弟书的曲调分为东城调与西城调。但东城

---

① 闲园氏：《金台杂俎》“文武玩意类”子弟书条。

② 得舆著“草珠一串”竹枝词，见《中华竹枝词》（一），北京古籍出版社 1997 年版，第 151 页。原诗为“儿童门外喊冰核，莲子桃仁酒正沽。西韵悲秋书可听，浮瓜沉李且欢娱。”

③ 富察敦崇：《燕京岁时记》“封台”条，北京古籍出版社 2001 年版，第 94 页。

④ 顾琳：《书词绪论》，收入关德栋、周中明：《子弟书丛钞》，上海古籍出版社 1984 年版，第 821 页。

⑤ 参见李家瑞：《北平俗曲略》，上海文艺出版社影印 1990 年版，第 9 页。

与西城具体指什么地方，这两种曲调是否就是子弟书曲调的真正归属，却没有明确的答案。因子弟书现已失传，它的曲调并没有人能说得清。还需说明的是，石玉昆演出的说书活动叫"石韵书"，也称西韵，西城调，此调并非严格意义上的子弟书曲调。许多学者认为，石韵书是子弟书的一个分支[①]，但实际上两者是不同的，不可混为一谈。石韵书中有说、有唱，不同于子弟书纯唱的音乐体制。石韵有可能借鉴了子弟书的曲调或演唱形式，最终形成了自己的规模。还有学者曾列出天津卫子弟书的曲谱来表明子弟书的曲调[②]，但那并不是子弟书曲谱。近年来，也有人说子弟书根本就没有自己的曲调，而是全部借用其他曲艺的唱腔曲调。[③] 这种说法是没有根据的。曲调的失传不等于不存在。子弟书存在了二百多年而曲调无存，有人认为是不可思议的，但历史上这样的事情并不少见。我们不能因元杂剧已不存在而否认它曾有过自己的辉煌与自己的曲调。

东城与西城是清代北京城的划分区域。乾隆十五年北京城图上，京城分为内城与外城。内城八旗子弟居住，外城其他人杂居。其中，外城又分为南城、北城、东城与西城。东城主要为天坛路以东至广渠门的广大区域；西城则是从宣武门西行至西便门再南至右安门的广大区域。南城为天坛以北至护城河的较小区域。北城

---

① 如多涛：《论子弟书与八角鼓的演变》一文认为，子弟书艺人有石玉昆等，显然把石派归入子弟书。见《辽宁师大学报》1996 年第 3 期。

② 刘吉典：《天津卫子弟书的声腔介绍》中云："我手中有部分子弟书'诗篇'的曲谱，还有一套'正书'的曲谱。这批资料，是 1942 年我从天津的一位子弟书名家，硕果仅存的杨芝华先生(清末津门子弟书权威华学源先生的亲传弟子)那里获得的。在我幸遇杨老之后，还亲聆过他自弹自唱卫子弟书的原韵。随后，我曾将工尺译成简谱，并与杨老核对，加注了三弦伴奏的指法和部分唱法。可以说，这批资料基本上已把清末以来'已成绝响'的流传在天津的子弟书西韵声腔大体上记录下来。尽管这还不是'京子弟书'或'东北子弟书'的原韵，但作为一种形式的源流来讲，其间除某些地方字音对曲调的抑扬起伏有些影响外，而属于这类音乐的结构、形式、音调等，总还不致相差太远。"载《曲艺艺术论丛》第三辑，1982 年。此文后附有两段曲谱，即：《秋景黄花》和《十八半诗篇》，但这两段都不像子弟书，不可能是子弟书的曲谱或相似曲谱。

③ 徐亮的学位论文《清中叶至民国北京地区俗曲研究》中提到，"前人所记述之子弟书曲调，无论是东调高昂，西调低转，还是如乐中琴瑟，都只能说明演唱子弟书用的是一种什么样的曲调，而不能说明这种曲调就是子弟书本身。所谓的高昂、低转，乐中琴瑟，都有可能是当时别的什么曲调而被子弟书拿来借用"，并由此认为子弟书没有自己的曲调。

为先农坛以西以北至护城河的区域。

有了这样的方位概念，我们就清楚地知道，南北城全位于正阳门之南；而东西城也指外城的最东最西地区，而不是我们现在所说的东城与西城。因此，《艺野知见录》中在谈到子弟书东西调时所说“当时，北京分东城、西城。东城属大兴县，西城属宛平县”① 的说法是有问题的。因为子弟书起源于乾隆年间，而乾隆时的东西城乃是外城的两个地区，而非大兴县与宛平县所属。因北京内城清廷禁止演戏活动，于是从康熙、乾隆时开始，外城各地区尤其是正阳门外的大栅栏地区戏曲曲艺活动频繁。内城子弟看戏，需出正阳门至外城。而外城各地区曲艺活动不同，唱腔也不同。于是受各种区域曲调的影响，子弟书逐渐形成了两大曲调风格：东城调与西城调(或称东韵与西韵)。

笔者怀疑，东韵与西韵并非子弟书专属。因为除东、西调外，清代京城尚有南城调与北城调。《朝市丛载》卷六技艺门中有竹枝词云：

> 哑嗓声高胜傻丁，郭东共许犯天星。
> 如今也有南城调，不像山羊不受听。

《郭栋儿》子弟书云：

> 双头人儿弦子弹的是南城调，羊叫唤拙气憋得脖子粗。

可见，南城调很早就是说唱的一种曲调。现在在单弦牌子曲中还保存着“南城调”与“西城调”(即石韵书)。这里问题就出来了。单弦牌子曲属曲牌体音乐，而子弟书属板腔体音乐，这两种音乐形式在构造上有很大的不同。既然南城调属于曲牌体，依牌定腔，那么与它属同类划分的东城调、西城调就应该也属曲牌体。按此推论，子弟书板腔体的音乐形式与东城调、西城调曲牌体的音乐形式从根本上发生了矛盾。这一问题历来没有人注意。笔者认为，东城调、西城调不是子弟书的曲调分类，因为它们是曲牌体，与南城调、北城调一样属于八角鼓、单弦、岔曲那一支。子弟书只是借用

① 参见任光伟：《艺野知见录》，春风文艺出版社 1989 年版。

这两支曲牌来形容自身曲调的不同风格。因此,称东韵、西韵可能更准确些,以免与“东城调”、“西城调”发生混淆。这样一来,许多含混的问题便可解释。有的书中说“大约在1850年前后北京城内又出现了南城调与北城调这两个子弟书流派”[①]显然有误。理由前已说明。明清两代,中国民间歌曲、俗曲发展一直都很盛,从明代开始,许多文人喜爱并搜集了不少俗曲作品。例如,明中叶冯梦龙的《山歌》、《挂枝儿》以及清代的《白雪遗音》、《霓裳续谱》等都是著名的俗曲集。在各种小说作品中有关这类的小曲演唱描写也不少(如《金瓶梅》、《红楼梦》)。《北平俗曲略》更是集中搜集了京城盛行的大量歌曲。在俗曲大盛之势下,北京外城地区作为汉族与其他人杂居之所,戏曲曲艺活动非常频繁,与内城八旗居住区严禁娱乐的情况形成鲜明对比。可以说,八旗子弟在长期的接触中对外城(东城、西城、南城、北城)地区的文艺活动产生了好奇与兴趣。《票把儿上台》子弟书中说“子弟消闲特好玩,出奇制胜效梨园”;《逛护国寺》子弟书“欲待出城听天戏,偏偏今日是坛辰”;《老斗叹》“听了些十二金钗调弦索”;《窃打朝》:“西调曲儿我会把岔,老京调学了一个怒杀阎”。天津图书馆藏《子弟图》中云“条子板谱入三弦与人同乐,又谁生聪明子弟暗习熟”。这些描写说明八旗子弟熟知各种俗曲,在自己的创作中借用所喜欢的东城调与西城调,从而形成了子弟书的基本曲调特色。可见,子弟书是深受当时各种民间曲调影响而成曲的。这其中包括对昆曲、京剧、各种小调的吸纳。所以前人指出子弟书的西韵创作风格“近于昆曲”,而东韵则“有古歌遗响。”

第四节 演唱的艺术功能

子弟书的演唱我们已无法看到。清代顾琳《书词绪论》中保存了对子弟书演唱技法的研究文字,是现存的惟一记载。此书从“说书”的角度,对子弟书说书艺人的演唱及声音要求作了较详细的说

① 余钊:《北京旧事》,学苑出版社2000年版,第487页。

明，由此我们可大致看到演唱的情形。但它的概述像中国古典诗评一样用语含混玄妙，追求妙境，无法从现在科学角度了解它的唱腔音域、调值等。

子弟书的表演形式是只唱不说。作为一门说唱艺术，从它产生之时就被称为“说书”。当然，这里的“说”不同于我们日常的说话，而是在一定器乐伴奏下的演唱活动。子弟书尽管是纯唱，但从曲艺艺术的角度来看，我们可笼统地称之为“说”、“说书”。《书词绪论》在“传神”篇中，一语道出了演员演唱的重要性：“至于书，则古人之性情，赖后人以文词传之；文词之精蕴，赖说之者以抑扬而传之。”[①] 说明了只有说书人声情并貌的演唱才能使文词得以艺术的呈现，其作用是第一位的。子弟书的演唱是艺术活动的核心部分。它的艺术功能概括起来主要有以下几种：

第一，抒情功能。子弟书中最优美的篇章是那些抒情性段落，而演员在演唱时，只有将这些表达人物心理情感的曲文用情唱出，才会使整个曲艺活动充满艺术感召力，扣人心弦。许多子弟书如《露泪缘》、《谴雯》、《悲秋》等都以吟唱人物微妙复杂的情感取胜。即《书词绪论》中所说：“文词之精蕴，赖说之者以抑扬而传之。”[②]

第二，戏剧功能。这不同于民歌或戏剧的演唱。民歌以抒情为主要功能；戏曲又因每人各饰一角，所以每一个人只需表达“这一个”人物的特定情感即可。而子弟书却不同。所有的角色，男女老少、美丑妍媸，全需演唱者一人“包办”。这就需要在演唱时注意情节间的快慢缓急及不同人物的特色，这样就赋予了演唱以一定的戏剧功能。“惟在说之之际，设身处地，无论立心端正者，我当代生端正之想；即立心邪僻者，我亦当舍经从权，代生邪僻之想，务使古人之心曲隐微，随口唾出，方称妙品。”[③] 正是这个意思。

第三，整合功能。子弟书演唱的抒情及戏剧功能突出了它深入人物情节的层面，但这两种功能并非能无限延伸。因为演员要一

---

① 顾琳：《书词绪论》，关德栋、周中明：《子弟书丛钞》，上海古籍出版社 1984 年版，第 824 页。

② 同上。

③ 同上书，第 825、826、827 页。

人分担艺术活动的各个方面，除塑造人物外，他还要叙述故事，处理开头与结尾的唱腔。这已属于故事之外的整合层面了。整合就是要在演唱中既有深入情致的人物演唱，又要有冷静客观的叙述演唱。如《谴春梅》子弟书，开头几句诗篇："岭上梅开欲报春，霜欺雪打更精神。逢时莫漫挥啼泪，得意还应起笑唇"，这属于情节之外的诗篇，接下来："撇下了三妻合四妾，空留下万贯与千金。慢散了仆人同伙计，断绝了贵客与嘉宾"，又属情节叙述。然后才是春梅与月娘、金莲等几个人物的对话。这样不同的段落就需要演唱者高超的整合功能，将不同的叙述层次、不同的句式句法以及不同的冷热风格进行完美的融合，既能流畅地吟唱情节，又能让听众从中听出不同的情节脉络。《书词绪论》中也提到："总而言之，说书要如说话，总要句句成话。设以上句拉下句，下句缠上句，在说者自以为连贯，而听者正如对吃口之人，不知其所说何语，不掩耳疾走者，未之有矣。"[①]

子弟书演唱者的声音也很有讲究。《拐棒楼》子弟书说"韵雅音清讲尖团"，《郭栋儿》子弟书中也提到"尖团清楚斯为正，韵调悠扬乃是书"，这都是对演员的声音要求。《书词绪论》"还音"中则较详细地说明了发声的要领：

> 音声出于天籁，本不必矫揉造作。因土俗相搀，遂渐失其真，竟有失之悬远，迥非其字本音者。然说书必拘于五音四声，未免过刻。其尖团二声，凡有志声律者，自能明辨，并有《尖团音要》可考，余不复赘。至还音一说，人固知之未详，余不可不妄为表白也。
>
> 南词即南人之书，而书即北人之词。既以南北限之，故不妨搀以方音。如南词中之湖、苏等字，入于五歌韵读之；冰、青等字，入于真文等韵读之。如书中之俗、熟、足等字，本属入声，而入于鱼虞二韵，亦如南词之从方音故也。从方音之字，则可通而论之；不从方音之字，断不可讹而传之。

---

① 顾琳：《书词绪论》，关德栋、周中明：《子弟书丛钞》，上海古籍出版社 1984 年版，第 825、826、827 页。

凡字之上、去、入三声，本有万韵归平之义。至平声反归于仄声，则断无是理。往往不讲此道，但谓其字已脱于口，遂无事矣，不知字虽完而音未尽。一字之神，恒赖其余音以托之。任意缠绕，竟失所宗而不觉，此目今说书之通病。

其所以不能还音者，乃不能调气之故耳。凡说一字，无论唇、喉、牙、齿、舌，总要以气运之。气和则音圆，音圆则字正。上字音完，而下字有不能不出之势，圆转如珠，似断实连，不求还音，而音自得正。气促则音浊，音浊则字硬，上字余音未了，而中气已乏，欲说下字，而上字之音未还，欲了上音，而气则不能不换，气换则音走，仓忙失措，欲求还音，无如力不从心矣。此予独得鄙见，质之同人，定不以此言为河汉也。①

第五节　演出过程

曲艺演出在清中叶以来非常盛行，但不同的演唱性质决定了演出过程的差异。从商业角度，可分为商业演出与非商业演出。子弟书属于后者。那么一般的非商业演出是什么样的情形呢？《都市丛谈》中这样描写到：

都门称客串为“走票”，故客串排演之地为“票房”。例如前门外第一楼之“畅怀春”，青云阁之“绿香园”等皆是。票房之首领称“把儿头”，主任办事人称“治事底”，一应规矩，颇与内行相仿佛。……凡出席者，即为入“把儿”，以后无论走局，过排，均应亲到。票房之定期排演，名曰“过排”，大数于一、四、七、二、五、八，三、六、九等日行之。……被邀在外演唱，名曰“走局”……走局时，场面桌上例置玻璃灯一对，玻璃屏若干，灯上书明票房名称，即为票房标识。票友例于屏后唱，不肯轻以色相示人，所以崇客串之身份也。桌上铺一红毡，此为“客

① 顾琳：《书词绪论》，关德栋、周中明：《子弟书丛钞》，上海古籍出版社1984年版，第825、826、827页。

串”与“内行”之区别要点。①

子弟书的演唱过程与上述的描述很相似，形成了自己的一套程序。首先，在演出之前，有所谓“请场”活动。《随缘乐》子弟书中写到：

见一人相貌清奇衣冠时样，有那些讨脸之人都举手抱拳。
也有那赶着请安连声的问好，瞄着想借些仙气趋势趋炎。
这子弟慢坐台心摩挲半晌，方泠泠然如琴似瑟的定丝弦。
……
见一人台前又把揖作下，我想着不是同盟就是同年。
原来是讨脸之人烦妙曲，他求到《风流焰口》不接三。

《拐棒楼》子弟书也说：

不多时那子弟陆续全来至，茶座内有那相识的亲友把他烦。
少年郎故意的捏酸恐人轻贱，作足道连日该班两夜无眠。
在内廷巡更传筹精神耗尽，跟大人查城拜客手脚不闲。
今日个目眩头晕喉咙哑，怕的是气短书长说不完。
那求书的带笑作揖忙央告，说好兄弟赏一回罢不必闹谦。
一面说亲捧香茗于桌上，那轻薄子上场端坐气象森严。
弦响处气概从容排东韵，说的是遇吉别母的《宁武关》。
……
书演完亲朋拱手把劳音道，接场的也是个说书的美少年。
……
众子弟一齐站起将场散，平台内早已设下大碗冰盘。

上述两则资料，第一则是讲子弟参与的一般曲艺活动，第二则讲的是子弟书的演出（《宁武关》是子弟书）。无论何种曲艺活动，只要是八旗子弟参与，一定非常讲究演出前的“请场”。其他亲友听众客气地请安作揖，演唱的子弟则显示出一种被请来的派头。

① 逆旅过客：《都市丛谈》“票房”条，北京古籍出版社1995年版，第127页。

《都市丛谈》中说:“无论在何处演唱,上场时须有人冲上作揖,名为‘请场’。”[①] 这句话与前文《拐棒楼》中子弟书的演出情形是相吻合的。

另外,在请子弟来演唱之前,一般“必须托人以全帖相邀,至期先在某处聚齐,专候本家儿迎请”[②],同时在子弟上场演出时“桌上应当铺一红毡,报签儿上要冠以‘子弟’二字”[③]。这是当时八旗子弟曲艺演出的规矩。子弟书也不例外。《须子论》子弟书云:

> 瞄见了报子贴出子弟排演,最中意内有一场十不闲。
>
> ……
>
> 那哥儿点头说啊啊真来的纂,怪不得儿咧又是围桌又是红毡。

除“请场”、“红毡”之外,另一个重要的演出前奏是贴“报子”,即作广告。广告是文艺产品传播的重要手段。子弟书在演唱中,贴“报子”是一个很有效的广告手段。“报子”即演出活动安排的书面说明,这在许多子弟书作品中都有描写:

> 细观瞄某处茶轩高贴报帖,子弟尊重又粘上红签。
>
> ——《随缘乐》
>
> 报子上写三个堂名儿今日准演,必定是拥挤不动满座高朋。
>
> ——《女斛斗》
>
> 猛见了红笺报子写着个郭栋,这名号叫人辗转费踌躇。
>
> 赶着就花个茶资去听他一次,原来是车辙隔壁儿抹街的书
>
> ——《郭栋儿》
>
> 瞄见了报子贴出子弟排演,最中意内有一场十不闲
>
> ——《须子论》

① 逆旅过客:《都市丛谈》“单弦曲词”条,北京古籍出版社 1995 年版,第 119 页。
② 逆旅过客:《都市丛谈》“八角鼓”条,北京古籍出版社 1995 年版,第 118 页。
③ 逆旅过客:《都市丛谈》“单弦曲词”条,北京古籍出版社 1995 年版,第 119 页。

"报子"是清代京城各种文艺演出常用的广告宣传手段。如《须子论》中说一位公子去大栅栏听戏,"赶车的紧赶来至大沙腊,下车齐把报子观",可见当时前门的戏曲演出也用"报子"。当然,这些活动的"报子"是为了更多地吸引观众,从而达到挣钱的目的。明显看出,子弟书活动贴"报子"是对其他艺术活动的借鉴,当然它们的性质是不同的。因为演出的子弟许多都是贵族王室子弟,正如《随缘乐》中所说的那样"到轩前见车马迎门人烟辐辏,尽都是衣服罗绮文雅的非凡。也有那大员子弟功勋后,也有那老叟尊翁酒肉英贤",所以有时会特意地再贴上"红签"表示此类属于子弟不挣茶资的演出,是对演员的一种尊重。正如《子弟图》子弟书中所说:

> 渐渐引开喜庆争邀请,仰高明执名累递不亚如三顾茅庐。
> 非容易方肯假期一赏脸,必然是衣冠车马随客的奴仆。
> 那请客家闻得相约某老爷至,宾主们忙甩挖行忙挂珠。
> 那一番恭敬尊崇形容不尽,相见时拜匣贺礼来宾也不俗。
> 减段说昔年游戏是这般体统,大端是先推重品次重书。
> 由此论书以人名并非人因书贵,所以然称盛当年人敬服。

这是子弟书演出前的复杂的请场活动。参加演出的人颇受请家的尊重,所谓"先推重品次重书"就是这个意思。总之,这些八旗子弟不仅在家讲究排场,在进行子弟书等曲艺活动时,也会通过"请场"等仪式来充分体现自己的贵族身份与尊严,娱乐中明显带有贵族气息。与这类子弟演出相比,那些非子弟的演出活动便普通得多,甚至简陋异常,完全没有什么排场。如《风流词客》子弟书中记载一个叫马麻子的艺人的活动:

> 这艺业从不见他作家档,也没有各处的茶园请一场。
> 夏令儿或在野茶馆里露露面,不过是一月半月总不能长。

这是生活在最下层的流浪艺人的悲惨生活。与此相比,八旗子弟的沙龙艺人在"请场"、贴"报子"等一系列演出规矩中既体会到了"名角"被捧的感觉,又不失自己的子弟身份。这里的演艺规矩已超出了艺术关怀,更多地呈现出一种文化品质与人生姿态。

第六节　票友与票房

子弟书艺术活动造就了一批素养较高的文人票友。他们最初参与活动是自娱性质的，同时在逐渐的发展中，也给这门艺术带来了传承文明与展现文采的客观效果。可以说，从现存记载看，子弟书的艺术活动是中国戏曲曲艺史上最早的专业票友(票房)活动之一。票友热衷演出，精于演唱，这种情形可追溯到明代：

> 颜容，字可观，镇江丹徒人，全(指周全，徐州人，当时善唱曲者——编者)之同时也，乃良家子，性好为戏，每登场，务备极情态；喉音响亮，又足以助之。尝与众扮赵氏孤儿戏文，容为公孙杵臼，见听者无戚容，归即左手捋须，右手打其两颊尽赤，取一穿衣镜，抱一木雕孤儿，说一番，唱一番，哭一番，其孤苦感怆，真有可怜之色，难已之情。异日复为此戏，千百人哭皆失声。归，又至镜前，含笑深揖曰："颜容，真可观矣。"①

这是明代票友客串的资料。而"票友"一词的来源，一般都认可这样的说法：

> 其始在乾隆征大小金川时，戍军多满人，万里征战，自当有思乡之心，乃命八旗子弟从军歌唱曲艺，以慰军心，每人发给执照，执照即称为票，故非伶人唱戏者以票友称。②

子弟书正产生于乾隆时期。大约在这一段时间前后，子弟书的票房活动就已经开始了。有的学者认为票房活动源于道光年间的京剧票房③，但子弟书的票房活动早在《书词绪论》中就有记载，《书词绪论》成书于嘉庆二年。可见，子弟书的票房开始于乾隆年间，

---

① 李开先：《词谑》中"词乐"条，收入《中国古典戏曲论著集成》(第三册)，中国戏剧出版社 1959 年版，第 353—354 页。

② 张伯驹：《红毹纪梦诗注》，北京宝文堂 1988 年版。

③ 《菊部丛刊》云："咸同之间，皮黄乘西昆之敌，为歌场主宰，一时风行，风海景从，达官贵人，豪商巨贾，嗜痂者的有人在。于是召集同好，互相研讨，是曰票房。"收入《平剧史料丛刊》，台北：传记文学出版社 1974 年版，第 218 页。

应是北京最早的票房活动了：

辛亥夏，旋都门，得闻所谓子弟书者，好之不异昔，而学之亦不异曩昔，于杯酒言欢之下，时怏然自鸣，往往为友人许可，而予意颇自得。后与顾子玉林，订莫逆交。顾子，倜傥士也。……予每造文轩……（缺一面）吾过矣。前此之自为有得者，实不免妄人之态矣。因回思往日听予之书者，睨笑腹非者，不知几何人；撵看欲逃者，不知几何人；出而哇之者，又不知几何人，而予竟握弦高坐，恬不为怪。兹承顾子教，甫知前此之造孽匪浅，而后乃今，当箝口扪舌，以为饮酒吃饭具，不复呶呶聒人耳。①

这一段珍贵的资料记载了一名叫李镛的子弟书票友在票房中与友人演唱的情形。他唱的大约不怎么好，以至有些友人"睨笑"，有些竟至"出而哇之"，听后欲吐了。这种活动在乾嘉之间已出现，无论技艺精湛与否，票友们的认真精神却颇值得一提。

子弟书的聚会活动即"立社"活动，相当于早期的票房：

总而论之，立社可，不立社亦可；如必欲立之，则社规不可不严，仅择知好五、六人，或八、九人，余有情面莫却者，均为附社。择清净禅房，每月一社，或一岁八社。其社长按人轮推，至期，同人各解仗头若干，凑交社长，以为壶酒盘蔬之资。喜说者说之，不喜说者听之。其说者之工妙与否，不许讥评。②

这种书社并不是一般文学意义上的"文艺沙龙"或研究会，因为它的主要作用是"说"即演唱，而且不许他人讥评唱者的好坏，因此，这已是一种曲艺演出的"票房"活动了。参与的人共同出资作为茶酒费用，一般每月至少活动一次。这种书社是相当严密的票房活动。当我们在津津有味地谈论道光、同治时的京剧票房活动时，又怎能想到，早在乾嘉时期，中国的曲艺票房已在八旗子弟的

---

① 顾琳：《书词绪论》，收入关德栋、周中明：《子弟书丛钞》，上海古籍出版社1984年版，第818、829、830页。

② 同上。

手中通过书社而结成了呢？从子弟书票房设置及其演出过程来看，这种艺术在清代中期曾是多么地生机勃勃。《绿棠吟馆子弟书选序》中提到："是种词曲在昔年八角鼓之老票友颇有擅长此技者，近年人心趋向时调小曲，视此竟如陈羹土饭。"在民初才逐渐消亡。

票房活动在本质上是子弟们的一种精神需求。这种需求当然可以在花钱看专业的演出活动中得到满足，但是，很多时候，人的精神需求是要通过集体参与的形式来得到满足与平衡的。子弟书的艺术活动正是体现了一种强烈的参与意识。八旗子弟生活悠闲富足（尤其是清中叶），他们可以花钱吃喝玩乐，像一般的有钱人一样。但子弟中总有一些人在接受了良好的文化素养之后，会去寻求另类的精神家园：创作并演唱子弟书。当子弟们置身其中时，他们创作曲文的精致与否，演唱的好坏与否已显得不那么重要，身心投入的聚会演出本身就是一种人生的满足与乐趣。《书词绪论》后附一"书社引"恰好道出了这种情怀：

> 我有逸趣，非为管弦，用修静室，以为盘桓。或日或月，不必拘牵。并无罚约，总以悠闲。至则欢笑，煮茗为筵。或吟数句，或吟一篇。不雕不斫，不巧不纤。不来者不招，勿令攒眉而出。来之者不拒，任其倾耳相参。若以为击壤而鼓太平，庶乎得耳。倘以为讴歌而变风俗，则岂其然。①

按照解释学的观点，艺术创造活动自有其自身的意义，这是作品客观不变的"意义"。除了这种意义之外，还有一种"意义"，这是由接受者的评价或判断活动得来。子弟书的参与者正是在书社（票房）活动中呈现出一种超出文本意义的超然意味，这意味着每一个参与者都心领神会，即在自己及他人的演出及组织活动中得到情感的释放与心灵的交汇。在大家的互相模仿揣摩之中，形成了相互间的一种"情感互动场"，这就克服了一般观赏性活动带来的单向传递的孤独感，流淌出相互之间的情感关怀。演唱者与听

① 顾琳：《书词绪论》，收入关德栋、周中明：《子弟书丛钞》，上海古籍出版社 1984 年版，第 818、829、830 页。

者之间、听者与听者之间构成多向交汇的艺术之网，网结出自我认同的快感与他者认同的尊严感。“只有在众人的共同一致的活动中，才能克服单个人面对充满敌意的社会时的软弱和不自信，摆脱个体对陌生和孤独的恐惧，在互相认同和仿效中，人们相互提供着心灵的依附与庇护。这正是许多民间艺术活动本身的心理内容和精神内涵。”[1]

① 王毅：《中国民间艺术论》，山西教育出版社 2000 年版，第 50 页。

第五章　子弟书版本及流传

第一节　子弟书目录综述

子弟书自盛行之时起，各种书坊及私家抄本就不断。与此相应，子弟书的目录也因各家所藏曲本不同而有变异。考察各家目录，不仅能综合出子弟书的篇目，而且其中一些散佚的东西也借此保存，对于我们从整体上了解子弟书这门曲艺有很大的帮助。

解放前，子弟书的目录众家甚多，而且均为抄本。这些抄本又可分为私抄目录及坊抄目录两种。坊抄目录是清中叶以后北京、沈阳等地区的一些书坊雇人所抄的子弟书目录，主要以卖钱为目的，如“百本张”、“别野堂”等书坊均出了许多本的子弟书目录，这在清末民初尤其为多。解放以后，许多学者、大家关注子弟书，且随着资料的不断增加，为出版子弟书目录提供了良好的条件，于是出现了刻本的目录，如傅惜华《子弟书总目》。总之，子弟书目录版本数量较多，可划分为以下的类型：

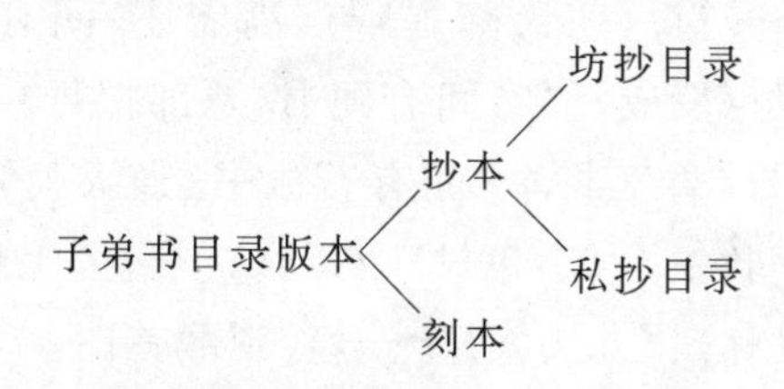

下面试分析各家目录情况：

一、坊抄目录

子弟书目录以坊抄最为普及与著名。清中叶后，随着曲艺、戏曲活动的频繁，各种有关书籍大受欢迎，许多书坊看中这一市场，雇人抄录了大量的曲艺唱本。这些曲本数量甚伙，几乎涵盖了当时曲坛的所有重要门类。子弟书亦在其中。当时著名的曲本书坊有“百本张”、“聚卷堂”、“别野堂”、“亿本刚”等等。

1.“百本张”子弟书目录

此目录最为普及，且版本较多。

(1) 百本张甲本：全书三十一页，单页五行，为光绪间钞本。共录子弟书二百九十三种。全书按回目多寡排列，回目少者排列在前。标有每种书的售价及回数。现藏中国艺术研究院戏曲研究所。

(2) 百本张乙本：封面印章“别还价，百本张”，并写有“子弟书目录，六百”字样。共三十二页，单页五行，共录二百九十三种。在《诸葛骂朗》与《随缘乐》之间，录有十种快书，即《快书谤闫》、《快书淤泥河》、《快书打登州》、《快书蜈蚣岭》、《快书碰碑》、《快书罗成托梦》、《快书血带诏》、《快书舌战群儒》、《快书草船借箭》、《快书赤壁鏖战》。现藏首图。

(3) 百本张丙本：封面有印章“百本张，别还价”，“住新街口菜园六条胡同百本张”。书名上未写明是子弟书目录。该本共二十六页半，单页五行，共录子弟书二百五十三种。在《望乡》与《夜奔》间有硬书《叹武侯》、《硬书郭子仪》、《硬书观水》三篇，《军营报喜》与《黔之驴》间有《谤阎》快书一篇，在《二玉论心》与《顶灯》间有《秦王降香》、《打登州》、《淤泥河》硬书三篇，《宁武关》与《昭君出塞》间有硬书《单刀会》一篇，《庄氏降香》与《高老庄》间有硬书《游武庙》一篇，《意中缘》与《罗成托梦》间有硬书《八郎探母》、《八郎别妻》两篇，《天缘巧配》与《碧玉将军》间有石派书《通天河》、《青石山狐仙传》、《风波亭》、《救主》、《小包村》、《招亲》、《包公上任》、《乌盆记》、《相国寺》、《七黑林》、《九头案》十一篇，现藏首图。

(4) 百本张丁本：封面有印章“百本张，别还价”及住址“住西直门大街高井胡同路北”，书名题为《二簧戏目录，一吊二》，但该书后半部分实为子弟书目录。此目录与百本张乙本基本相同。只是因缺页而缺最后五种书目，共录子弟书二百八十八种。现藏首图。

2.“别野堂”子弟书目录

(1) 别野堂甲本：封面有印章，共录子弟书一百六十七种，藏艺术研究院。

(2) 别野堂乙本:共录子弟书一百六十六种。注明回数及售价。封面无印章,藏于河北大学图书馆。

3. "乐善堂"子弟书目录

该目录为钞本。书长约十六公分,宽十二公分。前面有缺页;现存 13 页,单页五行,行列书目两种,共录子弟书 177 种,在《秦王降香》与《风月魁》之间,著录有《快书打登州》一种。每种书目均标明售价。现藏于台北"中央"研究院傅斯年图书馆。

二、私抄目录

除坊钞外,清末以后各种私家抄录者亦不少,这些私家目录在参考坊抄目录之时,还融入了自己对子弟书的选择趣味,带有与坊抄不同的文人气息。有些人对子弟书重新进行了分类,有些还用日记体的手法写出所选目录的标准及缘由。这些目录前人几乎很少关注,但它的价值却不可低估,它体现出文人对通俗文艺的理解和感悟。笔者奔走于几大图书馆,发现了一些散佚的目录,现将私抄目录展示于下:

1.《绿棠吟馆子弟书百种总目》

此书名为《绿棠吟馆子弟书选》,藏首图。共二十一卷一百种,金台三畏氏著,稿本,其中在第一卷有小莲池居士的序及百种总目。年代为民国十一年(1922),在序言中,作者的友人小莲池居士说出了编选此目录的缘由:"此曲人间无闻者久矣。金台三畏先生饱学士也,悯古道之不存,惜前人之心血,效明臧氏元人百种曲之例,集当代子弟书百种,为书二十卷示余,余深喜先生之葆古存人与余志有所同也。"作者编录此书的目的可谓用心良苦,欲与《元人百种曲》并驾而编成"子弟书百种曲"。其总目百种共分二十卷。作者编录百种曲,目的与书坊本不同。金台三畏氏,本名不详,但为文人无疑。文人自古便有喜古存书的雅趣。三畏氏在自序中便指出:"盖此种词曲其中多属忠孝节义故事,非若靡靡之音可以娱耳也。倘过数年无人过问特恐广陵散不复在人间矣。""嗟夫焦桐难辨古调不弹,余搜辑此收非敢谓保存国粹然抱残守缺,亦好古者所不废也。"可见编辑者带有很强的保存国粹的文化意识。这种书目已成为文人文化意识的自然流露，流淌出知识分子对中华文明的汩汩深情。

2.《子弟书目录》

现藏天津图书馆，每篇目之后标明回数及所在卷数。共收录子弟书三百二十九种，可谓是现存子弟书抄本目录中收录数量最多的一种书目。此书最特别的地方在于它将几百种子弟书按故事的出处或内容而分成不同的类型，如“喜庆子弟书目录”、“四书子弟书目录”、“红楼梦子弟书目录”、“水浒传子弟书目录”、“醒世子弟书目录”等共六十七大类。这些类型基本按出处分类，对于那些描写当代生活或无出处的新编曲目，则按所写内容而分，如“喜庆子弟书目录”，主要是为喜庆节日而作的子弟书，包括《喜起舞》、《八仙庆寿》等宴会上常演的曲目；“江湖人子弟书目录”主要是那些描写江湖艺人的子弟书，包括《评昆论》、《女斛斗》等篇目；“醒世子弟书目录”则包括那些感叹现实遭际的子弟书，如《侍卫叹》、《官衔叹》等篇目。这是所有子弟书目录中分类最完整的目录，体现了文人对曲艺分类的自我标准。同时，对后人研究子弟书与其来源，有着很好的参考作用。

现抄录如下：

《子弟书目录》

喜庆子弟书目录：

喜起舞	一回卷十五	天官赐福	一回卷一
八仙庆寿	一回卷一	满床笏	一回卷四十七
庆寿词即群仙祝寿	一回卷一		

四书子弟书目录：

孟子见梁惠王	一回卷十五	齐人有一妻一妾	一回卷十五
齐陈相骂	一回卷十五		

古文子弟书目录：

武陵源	一回卷一	桃李园	一回卷一
赤壁赋	一回卷一		

古诗子弟书目录：

木兰行	六回卷七	琵琶行	四回卷七

隐逸子弟书目录：

林和靖	一回卷一	渔樵问答	一回卷一
寒江独钓	一回卷一		

侠客传子弟书目录

刺秦　即荆轲刺秦　一回卷一

晋书子弟书目录

天台缘	一回卷二十七	桃洞仙缘	二回卷二十七

列国子弟书目录

飞熊梦	五回卷三十	摔琴	五回卷四
哭城	六回卷四	蝴蝶梦	四回卷四十五
蓝家庄　即滚楼	四回卷二十四		

汉书子弟书目录：

红叶题诗	二回卷九	相如引卓	十回卷二十一
查关	二回卷十二		

隋书子弟书目录：

马上联姻	十四回卷五	盗令	六回卷五

唐书子弟书目录：

打朝	三回卷十二	钓鱼	三回卷四十七
望儿楼	三回卷四	秦王降香	二回卷四十七
骂城	三回卷四	打登州	一回卷四十七
嫁妹	二回卷三十	投店	十三回卷四十一
镜花缘	四回卷四十三		

宋书子弟书目录：

救主	一回卷四	盘盒	一回卷四
打御	一回卷四	全德报	八回卷一
骂女	一回卷四	谤阎	四回卷四十七
谤阎	一回卷四十七	全扫秦	二十八回卷四十八
风月魁	三回卷九	梅屿恨	四回卷九

玉簪记	十回卷二十一	三难新郎	四回卷三十
寻亲记	四回卷四十五		

元书子弟书目录：

百花亭	四回卷十	娇红记	十六回卷二十二
出塞	五回卷四十五		

明书子弟书目录：

千钟禄	四回卷四	双官诰	六回卷四
游武庙	六回卷四十七	意中缘	八回卷十
三笑缘	五回卷四十三	游龙传　即戏凤	八回卷二十三
梅花坞	十二回卷二十三	青楼遗恨	五回卷十
百宝箱	四回卷十	何必西厢	十三回卷四十二

三国志子弟书目录：

王允赐环	一回卷二十五	凤仪亭	四回卷二十七
马跃檀溪	一回卷二	赤壁鏖兵	一回卷三十七
长坂坡	二回卷二	东吴招亲	一回卷二十五
乔公问答	六回卷四十五	单刀会	五回卷四十七
白帝城　即托孤	一回卷二	诸葛骂朗	一回卷二十五
孔明观鱼	一回卷二十五	五丈原	二回卷二十五
叹武侯	一回卷二	三国事迹	一回卷二十五
三国事迹	一回卷二十五	三国事迹	二回卷二十五

水浒传子弟书目录：

山门	一回卷二十九	王婆说计	一回卷二十七
十字坡	二回卷四十六	走岭子	一回卷六
蜈蚣岭	四回卷六	夜奔	一回卷六
杀惜	四回卷四十六	活捉	一回卷六
李逵接母	三回卷二十九	卖刀试刀	二回卷六
盗甲	三回卷六	翠屏山	二十四回三十二
水浒人名	一回卷二十九		

续水浒传子弟书目录：

丁甲山	十回卷三十四		

西游记子弟书目录：

高老庄	六回卷二十八	乍水	一回卷六
狐狸思春	四回卷四十三	借芭蕉扇	二回卷九

续西游记子弟书目录：

罗刹鬼国	五回卷二十九

金瓶梅子弟书目录：

子虚入梦	一回卷六	哭官哥儿	四回卷三十七
升官图	一回卷二十四	葡萄架	一回卷二十四
得钞嗷妻	四回卷十二	不垂别泪　即遣春梅	五回卷六
武松杀嫂	二回卷四十六	永福寺	四回卷二十六
旧院池馆	四回卷六		

浣纱记子弟书目录：

一顾倾城	二回卷二十八	范蠡归湖	八回卷四十

临潼会子弟书目录：

子胥救孤	一回卷三十七

金印记子弟书目录：

当绢投水	二回卷三	全金印记	四回卷二十六

琵琶记子弟书目录：

吃糠	二回卷四十八	盘夫	三回卷四十五
描容	一回卷二	行路	四回卷二
廊会	二回卷二		

楚汉春秋子弟书目录：

追信	六回卷三十

千金记子弟书目录：

别姬	二回卷三	英雄泪	四回卷三

烂柯山子弟书目录：

逼休	一回卷四十五	寄信	二回卷二十九
痴梦	一回卷八	泼水	二回卷三十七

三元记子弟书目录：

雪梅吊孝	二回卷二十七	商郎回煞	二回卷二

卦帛	一回卷二		

渔家乐子弟书目录：

藏舟	五回卷七	刺梁	一回卷二十五
相梁　刺梁	七回卷二十五		

劝善金科子弟书目录：

望乡	一回卷三	会缘桥	六回卷四十五

孽海记子弟书目录：

尼姑思凡	三回卷九	下山相调	五回卷九
僧尼会	三回卷二十八		

红梅阁子弟书目录：

魂辨	一回卷八		

党太尉子弟书目录：

赏雪	一回卷八		

彩楼记子弟书目录：

祭灶	五回卷三十七	报喜	三回卷六
全彩楼	三十回卷三十三		

杨家将子弟书目录：

八郎别妻	二回卷二十七	八郎探母	八回卷三十八

狮吼记子弟书目录：

梳妆　跪池	二回卷二十八		

牡丹亭子弟书目录：

学堂	二回卷七	学堂	三回卷七
寻梦	三回卷七	离魂	二回卷七

幽闺记子弟书目录：

奇逢	一回卷八	奇逢	二回卷八
刘高手	二回卷十二		
全幽闺记	十六回卷二十		

风云会子弟书目录：

送荆娘	五回卷八	访普	四回卷六

访普	四回卷二十九

党人碑子弟书目录：

打碑	一回卷八

铁邱坟子弟书目录：

薛蛟观画	二回卷三十七

三侠传子弟书目录：

红拂私奔	七回卷二十八

西厢记子弟书目录：

游寺	四回卷三十九	下书	二回卷三十九
寄柬	一回卷二十八	拷红	一回卷八
拷红	八回卷二十一	长亭	三回卷八
梦榜	二回卷八	全西厢	十六回卷三十九

淤泥河子弟书目录：

忆子	一回卷二	洲西坡	三回卷二
淤泥河	一回卷四十六	降香	六回卷二
托梦	八回卷二	托梦	六回卷二十六

锁阳关子弟书目录：

送枕头	二回卷二十四

凤鸾俦子弟书目录：

算命	一回卷八

西楼记子弟书目录：

楼会	二回卷四十三

子弟书目录：

阳告	一回卷八

风筝误子弟书目录：

叱美	一回卷八

艳云亭子弟书目录：

痴诉	一回卷八

炎天雪子弟书目录：

斩窦娥	一回卷三		

翡翠园子弟书目录：

盗牌	一回卷八		

一捧雪子弟书目录：

刺汤	一回卷二十六	刺汤	二回卷二十六
祭姬	一回卷八		

雷峰塔子弟书目录：

数罗汉	一回卷三	探塔	二回卷三
哭塔	一回卷三	出塔	二回卷三
全雷峰塔	八回卷四十		

续雷峰塔子弟书目录：

趁心愿	三回卷九		

桃花扇子弟书目录：

柳敬亭	一回卷八	守楼	三回卷二十六

长生殿子弟书目录：

酒楼	一回卷八	杨妃醉酒	五回卷四十六
李白醉酒	四回卷三十八	沉香亭	一回卷八
鹊桥密誓	一回卷八	鹊桥密誓	二回卷四十六
赐珠	二回卷三十八	叙阁	四回卷二十七
惊变埋玉	二回卷四十六	闻铃	二回卷二十七

铁冠图子弟书目录：

下河南	四回卷十二	宁武关	五回卷三
分宫	二回卷四十五	刺虎	四回卷五
刺虎	四回卷三	刺虎	二回卷二十七

聊斋志异子弟书目录：

王杏斋	四回卷九	胭脂传	三回卷四十六

今古奇观子弟书目录：

房得遇侠	一回卷一	巧姻缘	二回卷二十四
凤鸾俦	十三回卷三十四		

拍案惊奇子弟书目录：

韦娘论剑　三回卷一

红楼梦子弟书目录

一入荣国府	四回卷四十四	二入荣国府	十二卷三十一
两宴大观园	一回卷十一	三宣牙牌令	一回十一
品茶栊翠庵	一回卷十一	醉卧怡红院	一回卷十一
过继巧姐儿	一回卷十一	凤姐儿送行	一回卷十一
会玉摔玉	二回卷十一	玉润花香即宝玉试花	二回卷二十四
议宴陈园	二回卷三十一	湘云醉酒	一回卷十一
宝钗代绣	一回卷十一	双玉听琴	二回卷十一
二玉论心	二回卷十一	椿龄画蔷	一回卷十一
谴雯	一回卷十一	追囊谴雯	二回卷十一
探雯换袄	二回卷十一	探雯祭雯	二回卷四十四
葬花	五回卷三十一	焚稿	四回卷三十一
悲秋	五回卷十一	思玉戏环　即侯芳魂	一回卷十一
露泪缘	十三回卷十一		

续红楼梦子弟书目录

宝钗产玉　二回卷四十四

江湖人子弟书目录

石玉昆即评昆论	一回卷十四	郭栋儿	一回卷十四
女斛斗	一回卷十四	相声麻子即风流词客	三回卷十四

醒世子弟书目录

红旗捷报	二回卷十五	面然示警	一回卷十五
碧玉将军	一回卷十五	大战脱空	一回卷十五
打围回围	一回卷十五	为赌傲夫	一回卷十五
为票傲夫	一回卷十五	票把儿上台	一回卷十五
灵官庙	一回卷十六	灵官庙	二回卷十六
假罗汉	二回卷十六	叹固山	二回卷十六
赞礼郎	二回卷十六	叹煦斋	二回卷十五
打拾湖	二回卷十五	侍卫论	二回卷十五
侍卫叹	二回卷十五	老侍卫叹即侍卫傲妻	二回卷十五
女侍卫叹即闺怨	二回卷十五	銮仪卫叹	二回卷十五

官衔叹	二回卷十五	司官叹	二回卷十五
大爷叹	二回卷十五	先生叹	二回卷十五
长随叹	二回卷十五	厨子叹	二回卷十五
军妻叹	二回卷十五	穷鬼叹	二回卷十五
烟花叹	二回卷十五	叹时词	二回卷十五
叹学达即诛心剑	一回卷十五	须子谱	一回卷十五
训妓	一回卷十五		

小戏子弟书目录

连升三级	一回卷十五	花子拾金	一回卷十五
借靴赶靴	一回卷十五	烧灵改嫁	一回卷十五
打门吃醋	一回卷十五	鸨儿入院	一回卷十五
背娃入府	一回卷十五	花别	一回卷十五
续花别	一回卷十五	顶灯	一回卷十五
一疋布	一回卷十五	一疋布	一回卷十五
打面缸	二回卷十二	打面缸	一回卷四十四
送盒子	一回卷四十四	打花鼓即路傍花	一回卷四十四
卖胭脂	一回卷四十四		

游戏子弟书目录

禄寿堂	一回卷四十四	梨园馆	一回卷四十四
拐棒楼	一回卷四十四	小有余芳即饭会	一回卷四十四
逛护国寺	一回卷四十四	大奶奶逛二闸	一回卷四十四
大奶奶出善会	一回卷四十四	文乡试	一回卷四十四
武乡试	一回卷四十四	捐纳大爷	一回卷四十四
风流公子	一回卷四十四	灯谜会	一回卷四十四
射鹄子	一回卷四十四	时道人	一回卷四十四
纂须子	一回卷四十四	家园乐	一回卷四十四
拿螃蟹	一回卷四十四	换笋鸡	一回卷四十四
集书目	一回卷四十四	绣荷包	一回卷四十四

陶情子弟书目录

玉儿献花	一回卷四十四	连理枝	一回卷四十四
连理枝	一回卷四十四	荷花记	一回卷四十四
桃花岸	一回卷四十四	俏东风	一回卷四十四
续俏东风	一回卷四十四	幻中缘	一回卷四十四

香闺怨	一回卷四十四	骨牌名	一回卷四十四
调春戏姨	一回卷四十四	家主戏环	一回卷四十四
公子戏环	一回卷四十四	大姨换小姨	一回卷四十四
灯草和尚	一回卷四十四		

3.《子弟书目录》

与上一本同在一书。现藏天津图书馆。共收录子弟书二百一十一种。在最后标明“以上已选九十五目”则是从二百一十一种再选出九十五种作为“经典教材”来展示于众。联系另一种书《子弟书约选日记》可知,这一总目及选目的目的是为了“教生”,即教授盲生演习鼓曲之用。

4.《子弟书约选日记》

现藏天津图书馆。作者萧文澄。共收录子弟书一百二十八种。此目录编排在所有现存子弟书目录中最具特色,因为整个篇目是以日记体的形式进行的,时间从“六月二十八日”起至“十月二十日”。每页上头用墨笔注明日期,然后用朱笔点明“钞”否,以此来说明此篇目选录或不录的原因。作者萧文澄,具体情况不详。从时间上看,他大约用了近四个月的时间来编此目录。尤其珍贵的是,他在许多篇名之后标明了自己对此篇子弟书的看法,具有极高的文献价值。从其文体上看,像古代的“评点类”文体。根据作者自批的内容可知,此书写作的年代大约是民国初年(因文中有“可登报”、“已选登星期报”等字样)。下试摘录一页

武陵源　词句古雅可爱,可选登报端以广流传。惟嫌少有讹字,须加以删正。

桃李源　桃李芳园千古雅集,作者东序语,文义既清高,而衬笔亦无俗气,似宜采登诸报,以供众览也

赤壁赋　通篇皆用成语,意颇佳。

林和靖　纯然一篇清谈文字。

渔樵问答　文字清远,可钞存,惟需略为润色。

此目录不仅保存了一些罕见篇目,而且说明了篇目的文学价值及社会意义。由此看来,萧文澄应该是史上惟一的一位子弟书篇

目评点家。

三、刻本目录

1.《中国俗曲总目稿》

民国间刘复、李家瑞编,其中子弟书部分共著录约三百七十种左右,此书按书名字数多寡排列。题下注明了曲种流传地、版本及页数,然后著录每书的开首二行文字。

2.《子弟书目录》

这是现存最为完整的子弟书目录。傅惜华编。共著录子弟书六百一十一篇,共四百余种。此书以他 1946 年在《中法汉学研究所图书馆馆刊》发表的《子弟书目录》为基础,再增补而成。每条篇目之后,注明回数、作者、版本及收藏情况,非常翔实,是研究者重要的参考书目。

3.《绥中吴氏双楷书屋所藏子弟书目录》

该目录为吴晓铃所藏子弟书的总目,共计八十四种,吴氏为著名的小说曲艺藏书家,其所藏目录有一些是珍本、孤本。

附:现存子弟书珍贵篇目辑佚

现存子弟书篇目大多保存在傅惜华《子弟书总目》中及《清蒙古车王府藏子弟书》、《子弟书珍本百种》、《子弟书丛钞》及台湾史语所藏本中。这些书保留了绝大多数的篇章,但仍有个别篇目未见上述书著录,更未出版。其中一些更是珍本、孤本,现将这些篇目整理如下:

1.《代数叹》不分卷,一回,吴玉昆撰,煮雪山人手订,耕烟子过目,眠云道士编,此本未见现存《总目》著录,且为稿本。主要描写一名中学生害怕数学课的心理,希望早日考完代数课。吴晓铃藏本。吴氏云"《代数叹》是先翁游戏笔墨,作于清光绪三十二年丙午岁首,足证当时子弟书尚为兴时。而其内容对于教育制度深致不满,则尤为难能可贵矣"。首图藏本。

2.《三皇会》一回,佚名撰,清抄本。吴晓铃自注云:"书衍皇会祭祀科仪,当是津门故实,可以考见旧日习俗。"该书描写三皇会的祭祀仪式,内容并无可观,但对于了解清代祭祀风俗有很好的参考作用。首图藏本。

3.《子弟图》抄本,一回,佚名,主要描述子弟玩票的情形及作者对此的批判。其中涉及到有关子弟书的起源等问题,颇为珍贵:“虽听说子弟二字因书起,创自名门与巨族。题昔年凡吾们旗人多富贵,家庭内时时唱戏很听熟。因评论昆戏南音推费解,弋腔北曲又嫌粗。故作书词分段落,所为的是既能警雅又可通俗。条子板谱入三弦与人同乐,又谁生聪明子弟暗习熟。每遇着家庭宴会一(凑?)趣,借此意听者称为子弟书。”天津图书馆藏本。

4.《卖油郎独占花魁子弟书》抄本,上下卷,文真订。取材于“三言”中同名小说。北师大图书馆藏本,该书分卷,语言文字优美典雅,是子弟书的精品。现存子弟书目录没有。①

5.《叹时词》,见天津图书馆藏《子弟书目录》,内容不详。

6.《叹煦齐》,见《子弟书约选日记》,注“英和发配可不录”,故事不详。

7.《王杏斋》,取材于《聊斋志异》,见天津图书馆藏《子弟书目录》中“聊斋志异子弟书目录”。

8.《子虚入梦》,改编自《金瓶梅》花子虚故事,见天津图书馆藏《子弟书目录》中“金瓶梅子弟书目录”。

9.《大实话》,木刻本,一回,讲关东艺人郭维屏唱子弟书实况。中有“闻说京都多绝调,近来关东大时兴”。陈锦钊先生《子弟书之题材来源及其综合研究》中有记载。

10.《关公盘道貂蝉》,四页,叙关公问貂蝉事,《中国俗曲总目稿》有收录。

11.《古城相会》,三页半,取材于《三国演义》二十八回“会古城主从聚义”,石印本

12.《火烧战船》,据《三国演义》四十九回“三江口周瑜纵火”改编,《中国俗曲总目稿》收录。

---

① 详见拙文:《遗失的民族艺术珍品——卖油郎独占花魁等子弟书的发现及其价值》,附于本书后。

13.《孔明借箭》，一页半，据《三国演义》四十六回“用奇谋孔明借箭”改，石印本

14.《子龙赶船》，二页，据《三国演义》六十一回“赵云截江夺阿斗”改，石印本。

15.《黛玉葬花》，《子弟书总目》有此名，但与此篇文词不太一样。

16.《洞庭湖》，一回，据《聊斋志异》中《织成》篇改编。《中国俗曲总目稿》收录，但未标明曲种。石印本。

17.《姐妹易嫁》，一回，据《聊斋志异》中《姐妹易嫁》篇改，首题“新刻姐妹易嫁子弟书词卷”，《中国俗曲总目稿》收录，但未标明曲种。石印本。

18.《冤外冤》，不分回，据《聊斋志异》中《胭脂》篇改，上海槐阴山房，石印本。

19.《刺秦》，写荆轲刺秦事。见天津图书馆藏《子弟书目录》。

20.《出寨》，故事不祥，见天津图书馆藏《子弟书目录》。

21.《乔公问答》，改编自《三国演义》，见天津图书馆藏《子弟书目录》。

22.《孔明观鱼》，改编自《三国演义》，见天津图书馆藏《子弟书目录》。

23.《三国事迹》，取材于《三国演义》，见天津图书馆藏《子弟书目录》。

24.《武松杀嫂》，改编自《金瓶梅》，见天津图书馆藏《子弟书目录》。

25.《英雄泪》，取材于《千金记》，见天津图书馆藏《子弟书目录》。

26.《赏雪》，取材于《党太尉》见天津图书馆藏《子弟书目录》。

27.《梳妆》，取材于《狮吼记》，见天津图书馆藏《子弟书目录》。

28.《算命》，取材于《凤鸾俦》，见天津图书馆藏《子弟书目录》。

29.《韦娘论剑》，取材于《拍案惊奇》，见天津图书馆藏《子弟书目录》。

30.《香闺怨》，故事不祥，见天津图书馆藏《子弟书目录》。

31.《花子拾金》，取材于流行小戏，故事不祥，见天津图书馆藏《子弟书目录》。

32.《花间会》，据《西厢记》改，《中国俗曲总目稿》收录。

33.《折西厢》，《中国俗曲总目稿》收录。

34.《书生叹》，一回，作者于融川。结尾云："融川氏墨痕闲写书生叹，看起来人生好比梦一般"，后题"奉天西南长滩于融川"，《中国俗曲总目稿》收录，但未标明曲种。上海大成书局，石印本。

35.《光棍叹》，一回，作者少遂氏，篇中写到"少遂氏闷坐亦是斋，思想起一往之事好伤怀。……花朝日闷坐小屋内，因闷倦编出唱本来。言的是要钱光棍时运衰。"《中国俗曲总目稿》收录但未标明曲种。

36.《怕老婆滚灯》，一回，首行标明"新刻怕老婆滚灯子弟书词全卷"，讲柴发惧内事。文后题"五山非非道人校录"，石印本。

37.《万寿山》，一回，首页标明"清音子弟书"，叙写各地名山，但结尾处是祝寿语，云"我大清国坐天下，煤山改做叫景山。合朝文武朝峰坐，众邱跪在品级山。口呼万岁万万岁，有道皇帝掌江山。这就是万寿无疆四个字，福如东海寿比南山。"《中国俗曲总目稿》收录。石印本。

38.《孟姜女寻夫》，五回，不同于《哭城》，书后附"高宗纯皇帝御题姜女庙诗"，《中国俗曲总目稿》收录，但未标明曲种。石印本。

39.《俏佳人离情》，三回，叙写闺情。诗篇云："千古伤心是离情，画斋回首恨难停。……惟儒生阅透风流原苦事，闲笔墨著成唱本醒愚蒙。"《中国俗曲总目稿》收录，但未标明曲种。石印本。

40.《何氏卖身》，不分回，首行写"新刻何氏卖身忠孝节义子弟书词全卷"，结尾写到"众明公买到家看看上一遍，学学唱习了字解去心烦，到底是行善的终有好报，忠孝节义万古流传。"句式为攒十字。《中国俗曲总目稿》收录。

以下篇目都标明子弟书，但从句式结构看不太像一般的子弟书，列出以存疑：

41.《吃洋烟叹十声》，卷首标有"新刻吃洋烟叹十声子弟书词全卷"，《中国俗曲总目稿》收录，但未标明曲种。它的开头并不太像子弟书。如“抽大烟,入了瘾,叹罢头一声”。石印本。

42.《王天宝讨饭》,不分回,首行标“新编王天宝讨饭子弟书词全卷”,但不类子弟书。石印本。

43.《沈阳景致》,首行标“新刻沈阳景致子弟书词全传”,但不类子弟书。《中国俗曲总目稿》收录。石印本。

44.《打秋千》,题名“新刻打秋千子弟书词全卷”。石印本。

45.《富公子拜年》,是《打秋千》的续篇。题名“新续富公子拜年子弟书词全卷”。石印本。

第二节　子弟书版本研究

子弟书版本情况较为琐碎。作为民间的曲艺,子弟书的版本情况较之传统的小说、戏曲更不容乐观。从现存版本来看,多为小规模的书坊之作,抄本的行文字迹等都较粗糙,甚至错误百出;刻本的情况也不好,子弟书的坊刻很少精心之作。总之,善本并不多见。当然,这亦为我们研究说唱的流传提供了珍贵的原始资料。当翻开一页页发黄的唱本之时,会感受到它的平实与丰富。它的包装绝无官刻之书的宏大精致,亦无著名文人作品之集的严整高雅;芜杂不清的字迹、随意的抄写似乎在向世人展示它就是如此,无需浮饰与雕琢,这正是中国最民间、最通俗的文艺形式的物质呈现方式。

子弟书版本分类可以从两方面着手。第一方面的分类,是传统型的分类方式,即抄本与刻本之分。子弟书早期以抄本形式为多,现在发现最早的抄本是《俞伯牙摔琴谢知音》,为嘉庆二十年己亥抄本。著名的“百本张”抄本保存了大量的子弟书曲本。这种情形一直延续到清末民初。抄本的主要价值在于它的原生态性,借此可以使我们更多地了解它产生、繁荣之时的气息及流传情况。刻本很早也一直都有,最早的为乾隆二十一年《庄氏降香》,是现在发现的最早的子弟书版本。刻本大量的是出现于晚期的清末民初,各种木刻、石印、铅印渐趋完备。刻本较之抄本当然印量大,字迹整齐清楚。它更重要的价值在于它的前言后序,这些出版说明之中暗藏“玄机”，为我们提供了一些有关作者、作品的点滴资料。第二方面的分类似乎更有意义，即地域上的版本分类。子弟书版本以北京为中心，向北扩至沈阳，向南至天津，这三地出版或流传的子弟书版本最多，几乎占了现存子弟书总数的绝大部分，俨然已形成三足鼎立之势。当然，各地版本情况是有先后的，比如天津的子弟书是从北京传入的，它的版本总体上比北京晚一些。子弟书的出版并非只在这三个地方，民国以后随着出版的发展，南方一些地方也出现了子弟书的本子，如上海，就有槐阴山房、炼石书局等出过石印本及铅印本等，但这里并没有北方唱曲的极好环境，因而没有形成大气候，因此，这里并不把上海等地列入“鼎足”之势中。下面试具体分析京、津、沈三地版本的情况及特色。

一、北京

子弟书出版及流传可谓是以京城为核心。清代北京不仅作为首都而拥有其独特的文化地理优势，而且自清入关以来，八旗子弟就在这里生息，在这里浸染了汉族文化与通俗曲艺。子弟书版本在北京最具特色的就是以“百本堂”为代表的一系列民间坊抄本的出现。有张姓的“百本堂”、宝姓的“别野堂”、“聚卷堂”、“亿本刚”、“亿卷堂”等。这些书坊在正规的出版史中都名不见经传，但它们都是清中叶以来北京极负盛名的抄卖曲本的书坊。可以说，流传下来的民间说唱有许多赖之而得以保存，可谓是中国民间文艺的传播中心之一。“百本堂”主人姓张，住“西直门大街高井胡同路北”，专门雇人抄写民间各种俗曲、戏曲，如二簧、梆子、子弟书、岔曲、马头调等，数量极多。它所抄的子弟书颇为丰富，有近三百种，如《走岭子弟书》、《闻铃子弟书》、《意中缘子弟书》、《晴雯撕扇子弟书》、《一入荣府子弟书》、《票把上台子弟书》、《盘丝洞子弟书》、《戏姨子弟书》、《风月魅子弟书》、《凤仪亭子弟书》等，非常丰富（“百本堂”等几大坊间抄本是当时京城俗曲的主要发行地）。“亿卷堂”出有《玉簪记子弟书》，别野堂出有《齐陈相骂》，“聚卷堂”出有《巧姻缘子弟书》、《白帝城子弟书》、《百花亭》、《桃花岸》等，这些本子均为每半页分上下两行抄写，每竖行为两句，每单页共四行八句唱词。“百本堂”、“别野堂”等均有《子弟书目录》，录有每本子弟书的售价，可看出它当时在京城的流行情况。北京还有著名的车王府本子弟书，上世纪初发现，数量很多，现已出版。

二、沈阳

沈阳是子弟书版本的又一“重镇”。因满人发祥于东北，整个清朝又不断有皇亲来往于东北与京城，甚至一些犯事的旗人也会被发送回“盛京”，于是乎沈阳成为八旗子弟的当然聚集之处，子弟书亦少不了它的踪迹。沈阳又称“盛京”，在清朝满族人中占有非常重要的地位。沈阳似乎已成为满族子弟的“归根”之处了。子弟书版本在沈阳及附近区域有很多刻本，如会文山房、东都石印局、盛京财盛堂(书坊)、盛京财胜堂(书坊)、盛京文盛堂、海城合顺书坊、辽阳三文堂、海城聚有书坊、海成文林书房、盛京老会文堂、盛京程记书坊等。以沈阳为中心的东北地区成为子弟书的北部中心。从时间上看，这里的版本流传时间应该同于或略晚于北京，很多子弟书的早期形态在这里都有呈现。会文山房是出版子弟书较多的书坊，很有自己的风格。据学者考证，会文山房大约在嘉庆末年成立。《陪都景略》“铺户买卖”中曾介绍它的经营范围是“裱画装潢”和“词林做影、子弟书篇、石图光润、水笔硬尖”。[①]《陪都述略》中介绍它的范围更广，“打鸟丝，画博古；文人作，子弟书；真草字，寿山图；刷仿影，刻图书；宣笺纸，分十路；红白□，八行书”[②]，地点在沈阳“钟楼南，路西灰市口北”[③]。其主人曾有人以为是沈阳名

---

① 《陪都景略》“铺户买卖”，转引自张政烺：《会文山房与韩小窗》，载《社会科学战线》1982年第2期。

② 《陪都述略》，转引自陈加：《关于子弟书作家韩小窗——兼与张政烺先生商榷》，载《社会科学战线》1984年第3期。

③ 《陪都景略》，转引自张政烺：《会文山房与韩小窗》，载《社会科学战线》1982年第2期。但陈加：《关于子弟书作家韩小窗——兼与张政烺先生商榷》一文中又认为此处有误，应在“鼓楼南，路西”。

士缪公恩[1]，但据《陪都景略》记载会文书房时所云“凌川邸文裕艺圃编辑，沈水金居敬简之参正”可知，会文山房的主人为邸文裕，号艺圃，他还有其他的许多别称，如“未入流”、“二凌居士”等等。会文山房刊刻的子弟书许多都有署名“二凌居士”的题跋，如《蝴蝶梦》跋：

> 爱辛觉罗春树斋先生，都门优贡生，官至奉省年久，与余笔墨中最为知己，所著种种书词，向蒙指示。公寿逾古稀，精神健壮，临终先时敬呈楹联十四字云：“公正廉明真学问，嬉笑怒骂尽文章。”夫子赏签，遂以此书稿相赠，梓付手民，以志不忘云尔。二凌居士谨跋。

这里明确指出，二凌居士是将子弟书刊印出版的带头人。可见，“二凌居士”应是会文山房主人祇文裕。中国评剧院藏会文山房刻本《宁武关》有跋文云：“同乡处士未入流，二凌居士谨跋，”又可见“未入流”者即“二凌居士”。古代书坊主人一人多名常眩人耳目，使人误认为是许多个人，其实是书坊主的一个“花招”。这种情况在明清并不罕见。如刊于明崇祯间的《禅真逸史》题“心心仙侣评订”，全书八卷评点者署名不一，分别为心心仙侣、笔花居士、两湖渔叟、烟波钓徒、空谷先生、雕龙词客、绣虎文魔、梦觉狂夫，其实均为一人，即杭州书坊主人夏履先。[2] 邸文裕不仅为自己书坊的刊刻题跋评点，而且还为沈阳多家书坊写跋。如光绪间诚文信房刊刻《宁武关》子弟书中有他的跋文：

> 周将军原籍锦州，镇守宁武关、山西代州等处。总镇殉难于崇祯十七年。国朝定鼎，顺治建元甲申奉天锦州城西门外街北建有专祠，内塑全着眷像，宛然如生，其祭享忠烈表扬大节，与关壮缪、岳忠武同一典辙，英风不朽，忠孝节义萃于一门，可

① 任光伟：《子弟书的产生及其在东北的发展》一文中说：“嘉庆十八年(1813)沈阳名士缪公恩等组成‘芝兰诗社’……稍后，缪公恩与友人合资办了会文山房。……缪公恩，字立庄，号楳澥，又号兰皋，沈阳人，汉军旗。”收入《中国曲艺论集》(二)，中国曲艺出版社 1990 年版，第 419 页。

② 谭帆：《中国小说评点研究》，华东师范大学出版社，第 71 页。

谓大丈夫哉。同乡处士未儒流谨跋。

邸文裕的文学修养较高，他作为书坊主绝非纯粹商人，而是沈阳当地的雅士名流之属。他喜爱子弟书，故而其他书坊刊刻子弟书时，经常也邀请他做序跋，以提高书的身价。如文盛书房《露泪缘》子弟书及会文山房《黛玉悲秋》子弟书均有他的序。至于他本人是否编写过子弟书，则有待进一步考证。会文山房在邸文裕的带动下，出版了大量子弟书作品。其刻本形式为单页七行，每行分上下两段，共十四句诗句。

重要刻本有：

《黛玉悲秋》，会文山房刻本，光绪二十四年，作者韩小窗；

《吊绵山》，会文山房刻本，光绪二十九年，作者临冥痴痴子；

《糜氏托孤》会文山房刻本，光绪十八年，作者韩小窗；

《忆真妃》会文山房刻本，同治二年，作者未详；

《烟花楼》会文山房刻本，同治十三年，作者张松圃；

《鬼断家私》会文堂刻本，光绪二十年，作者未详；

《蝴蝶梦》会文山房刻本，同治甲戌年，作者爱辛觉罗春树斋。

东北除沈阳会文山房，还有其他许多书坊刊刻子弟书。这些子弟书的封面许多都标名“清音子弟书”，在子弟书前加入“清音”二字是东北一地刊刻子弟书的一大特色。

这里值得一提的是盛京程记书坊。程记书坊刻有《双美奇缘》等子弟书。引人注意的是它的主人程伟元。程伟元因与高鹗共补《红楼梦》并刊刻出版而著名，他是苏州人，约生于乾隆中叶，是盛京将军晋昌的挚友，曾多次随晋昌到沈阳，据考证1817年左右在沈阳办了“程记书坊”，刻印许多曲本。程伟元早在乾隆年间就刊刻有百二十回本《红楼梦》，刻坊叫萃文书屋。可见，在沈阳，由书坊主邸文裕、程伟元领头的子弟书刻本已具有一定的文化价值，非为纯粹商人之行。这些儒商带着对中国传统曲艺的喜爱，挟裹着出版的利益与个性的热情，投入到通俗艺术的领域。他们还经常召集当地文人举办诗社文会。抄本《白话成文》中有邸文裕的序：“光绪建元，岁在乙亥，元宵佳节，向年逢此，前后五日，出设灯谜，会集文人,颇能谴兴,聊解闲愁,无非取笑而已。”[①] 颇有兰亭集会之势。他们在诗会之后把文人们创作演唱的子弟书大量出版。这里除了商业动机,恐怕还有深藏于内的文人情怀吧。邸文裕曾自述:“余性本拙鸠,情同慵鹳,一生潦倒,半世无成,今近不惑之年,诗文少览,笔墨难明,”[②] 带有传统文人的迟暮之感。子弟书等曲艺在东北的流传这些书坊主是功不可没的。书商与文人集体的互动最早的范例当推南宋杭州书坊主陈起与江湖诗人。陈起利用自己的书坊为落魄无名的江湖诗人们刊刻诗集。商人与文人的良好互动由此拉开序幕。这种关系在明清并不罕见,但往往发展为相互利用与吹捧。明清时大量小说与戏曲的坊刻本便有这些因素存在。而邸文裕、程伟元的会文山房、程记书坊却并不完全商业化,更多的是一种商与文间相互扶持、关怀的默默温情,书坊主的人生姿态在某种情形下与文人们是心有灵犀的。

沈阳版本与北京版本在总体刊行时间上很难区分先后。有学者认为,先有东北的文人化的刻本,然后再流传入北京地区,才出现北京大量的抄本[③],但从现存东北刻本与北京抄本比较看,情况很复杂,北京地区的坊抄本有一些甚至会比刻本更精致。有时两地版本书名相同而内容相异。北京的抄本要比沈阳的刻本丰富些,许多民俗、民趣如《票把儿上台》等是沈阳没有的。因此,两地版本主要为并列发展的趋势,而随着两地皇族子弟的不断相互做官、互访,使得两地的版本有互动互补的双向流动。

三、天津

天津的子弟书版本历来发现的资料并不多,也很少受人重视。其实,在这三地版本中,天津的版本是颇具个性风采的,颇有“东南势重”之感。天津的本子无论抄本或刻本,经常会在封面上加“卫子弟书”字样,首先从名称显示出津门特色。如北师大藏《千金全

① 见张政烺:《会文山房与韩小窗》,载《社会科学战线》1982年第2期。
② 同上。
③ 任光伟:《子弟书的产生及其在东北的发展》,收入《中国曲艺论集》(二),中国曲艺出版社1990年版。

德》本上就标明上述字样。笔者试用所查到的珍贵资料来梳理卫子弟书的一些情况。

第三节 天津版本

一、版本特色

天津子弟书的版本显然较北京和东北的版本晚。京津两地的曲艺活动向来频繁,过去艺人常有"北京演唱天津走红"之说,有些曲种如京韵大鼓在天津发展的甚至比北京更甚。天津人向来喜爱曲艺,拥有良好的曲艺风气。清晚时期,子弟书从北京传到了天津,从此开始了"墙里开花墙外香"的盛况。天津图书馆藏的大量子弟书版本证明了这一情况。据笔者调查,天津子弟书版本主要有以下几种:

1.《子弟书三种》,铅印本。封面有"天津艺剧研究社审定润色"。内选了《徐母训子》、《长坂坡》、《刘先主白帝城托孤》三种子弟书,并有后序。《长坂坡》题"北京韩小窗先生原本,天津艺剧研究社润色"。

2.《子弟书目录》,共录三百二十九种,抄本,其作者未详,但从分类如此细致与精当来看,应为有一定文化修养的人士。

3.《子弟书》,抄本,共十五种,计为《望儿楼》、《托孤》、《子弟图》、《骂城》、《训子》、《一疋布》、《义侠记》、《叫关》、《淤泥河》、《荣归》、《焚宫》、《长坂坡》、《落发》、《别女》、《赶斋》、《入府》十五种。其特别处在于在一些子弟书名后标明它的落数,如《望儿楼》后注"九落",《荣归》后注"十落"。

4.《子弟书约选日记》,抄本,作者"萧文澄",用日记体记下对子弟书的感受及评价。

5.《词曲汇编》,抄本,抄者为"盲生词曲传习所"。共十九种。

天津的版本最具"盲者"之风。子弟书在沈阳多为文人之词,北京多为曲本之词,而到了天津则发生了更大的变异,一变而为"盲生之词",即教瞽者演唱的本子。前面我们提到,子弟书多为子弟吟唱之作,而流至天津后则缺乏自娱环境,八旗子弟多集中于京、沈，而天津则无子弟们的活动之场。另外，由于天津其他曲艺的繁荣，瞽人演唱亦不少，于是出现了以子弟书作为“盲生之词”的特色。瞽者学习主要为挣钱糊口，因而天津的版本尤其刻本是由一些团体慈善机构来付梓，刊行于世。如“天津艺剧研究社”、“盲生词曲传习所”等。下面具体分析一下津门的版本风格及其价值。

天津版本首先具有浓厚的通俗主义色彩。上述几种版本许多都是作为盲生演唱的“课本”而出现的。《子弟书三种》中提到“天津艺剧研究社审定润色”，这种文本润色并非为了提高文学审美价值，而是为盲生演唱方便。在有的版本中甚至告诉盲生如何发音，如《徐母训子》第一句“老精神无半点尘埃轻裘短杖鬓萧萧，越显得气宇端严貌似苍松骨似鹤”之后，在“鹤”字下面加注一行小字：“读作毫，叶遥迢辙”。又在“儿只贪着从水晶先生司马德操竭力虚心把艺学”一句的“学”字后加小字“读作啸字，阳平声”，纯为盲生演唱教习。而一般八旗子弟的演唱无需这样“手把手”式地教习。又林兆翰在为《徐母训子》后序中所说“演唱诸君宜取通俗主义，务将开首数行全行删去”，充分说明了这些子弟书版本选订的风格取向。《千金全德》后记中林兆翰也提到将原曲词进行改动：

> 按第四回“只疑小姐是小天仙”句去一“小”字。……又“佳人灯下瞧公子”句改为“佳人偷眼瞧公子”，又“世间竟有这样的奇男”句改为“但只见英雄气度正在华年”。又“生成的喜相”句添一“是”字改为“是生成的喜相……”又“绣花巾梨花袍衬着攒花带”句改为“配着那绣花锦袍攒花玉带”。

这里的改动有些是为了使上下文更流畅，有些则是为了演唱时曲调更顺。总之，一切本着通俗主义的原则，为盲生而服务。因而使其具有极强的教习功能。天津版本从数量与装饰、设计等各方面却无法与京、沈相比美，它没有五光十色的异彩，却是扎根于当地习俗，密切与盲生相连，因而仍具有特殊的价值。特别是透过它可以审视津门曲坛之一斑，确为珍贵的文献资料。

天津版本另一特色便是体现时代特色的易俗运动。这些版本大多都刊刻或抄于民国之后，因而具有极其强烈的近代启蒙色彩。

北师大藏《千金全德》后记中曾多次提到“以此传习，用以转移社会之风尚”、“移风易俗，莫善于乐”等，可见近代易俗之风对子弟书选家们的影响。

另外，从萧文澄所作的《子弟书约选日记》中更能看出其时代之风。其中多次提到选编的两个目的，一是“可选为盲生学演”、“可选教盲生”；一是“可登报”。其原则是看与“社会教育合”或“与社会教育不合”。如一些风流艳情篇《风流子弟》、《葡萄架》等，编者认为“语言猥鄙”不可入选，而《数罗汉》、《探塔》等又认为“皆迷信”也不入选。可看出这些版本鲜明的时代气息。辛亥革命推翻清王朝，中国进入了反封建的新时期，“民主”与“科学”旗帜，响彻整个知识界。许多知识分子都带着强烈的拯救民族、移风易俗的责任感来从事教育。通过这些版本中的评点，我们可以鲜明地看到知识界是如何将传统曲艺进行用心良苦的改良的。今天看来，有些用语可能过于激烈，甚至显得可笑，因为这样的选本纯以“教育”为原则必然会失去许多资料，但是从深层关照却体现出一种启蒙主义的曙光。知识界欲从传统文化中进行改良，去粗取精来达到整个社会的变革，是一条非常漫长的道路。

二、《星期报》与子弟书

《子弟书约选日记》中还提到“可选登星期报”，可见，知识界企图扩大自己文化价值的空间范围，试图让更多的受众接受新思潮与新风俗。这些版本无疑是印证子弟书版本浸染五四新文化之风的最好证明。子弟书，这一曾有的典雅之曲，本应在僻静的角落浅吟低唱，仍然逃不过启蒙之手的揉捏。无论揉捏之后效果如何，这种历史的契合本身已足以令人回味了。

据笔者考察，《白帝城》子弟书在《子弟书约选日记》中题：“已载星期报”中的“星期报”即指《社会教育星期报》，其报纸的总董即多次为子弟书写序跋的林兆翰。《社会教育星期报》“中华民国四年八月一日发行”，即 1915 年创刊。此报与其他一般新闻娱乐的报纸不太一样，在中国近代史上可谓一枝独秀。它不登大幅广告，涉及面较窄，具有极强的教育性。单看此报的封面即可知其一斑，封面左上角题云：

宗旨：培养旧有道德，增进普通知识，筹画国民生计，矫正不良风俗，凡社会教育范围以外之事概不登录。

体例：白话或浅显文言兼用，每星期发行一次。

编辑者：社会教育办事处

总理人：林兆翰

发行所：天津西北城隅文昌宫东社会教育办事处内

代印处：天津东马路六吉里华新印刷局代印

以上是其大概刊行情况，从其宗旨可看出强烈的教育意识。翻阅该报内容，不经意间我们打开了有关天津子弟书的许多奥秘。前面提到的“盲生词曲传习所”、“社会教育办事处”等零碎无关联的陌生词语在此报中却有着天然的关联。此报为“社会教育办事处”所办，那么，这个办事处是什么机构，其缘起又是怎样的呢？而且，最重要的是，这个办事处曾经刊行了大量的有关子弟书的唱本，这在民国以后出现，又有什么样的文化语境呢？《社会教育星期报》的“发刊辞”为我们解答了诸多疑问：

> 本报何为而作也，曰积社会而成国家，观其俗者知其政，是社会为立国之根本，风俗为政治之泉源，天下岂有无社会而成国家，亦岂有风俗不良而国政休美者哉。……慨自教育失修，道德烟废，风俗日下……风俗浇漓……今大总统知之稔矣，对于社会教育不惮竭力提倡，曾一再申告全国，直隶巡按使朱中卿于此亦特别注意，本年（按：指1915年）七月一日，成立天津社会教育办事处，委林君兆翰董其事，造福社会。

由上可知，社会教育办事处是在直隶巡按使朱中卿提倡下办的，为的是易俗移风，适应新时期的文化风尚。社会教育办事处在成立后，作了许多实际工作，除办《星期报》外，还设立了许多机构，据《星期报》载，有以下几大机构：(1) 风俗改良社，(2) 艺剧研究社，(3) 演说练习所，(4) 音乐练习所，(5) 天然戏演习所，(6) 半日学校总处，(7) 半夜补习学校总处，(8) 露天学校总处，(9) 武士会,(10) 国货维持会。

至此,可知"艺剧研究社"是社会教育办事处所属机构,主要从事曲艺等的研究工作,当然其研究主要还是研究曲艺、艺剧如何适应新风新俗与社会教育。这样,天津图书馆所藏《子弟书三种》中题"天津艺剧研究社审定润色"便有了着落。研究社对传统的子弟书曲本进行"审定"即考察内容工作和"润色"即文字加工工作,以便能通过优秀的传统曲艺来"造福社会"。

《社会教育星期报》在第八号的"报告"一栏中,刊出这样一条消息:

社会教育办事处以现时通行之时调小曲多不正当,最易惑人听闻,贻误社会匪浅,特创设盲生词曲传习所,授以京子弟卫子弟西城板等调,以期逐渐剔除旧弊,改良社会。已于本月九号,即阴历八月初一,在办事处楼上开幕。延聘教师陈凤鸣、李俊山分任甲乙两班,甲班额定十五人,一年毕业,乙班额定十人,二年毕业。刻下两班学生,共有十五名,以后有报名者,仍可随时插班,其传习钟点,每早准八钟上班,十钟下班,星期则循例放假。

这段文字为我们提供了重要信息:"盲生词曲传习所"——天津的子弟书版本许多印有这一词。如《词曲汇编》中共收录十九种子弟书,其题名便是"盲生词曲传习所"。看过《星期报》的这段记载,才知这一传习所为社会教育办事处所办。目的是,"剔除旧弊,改良社会"。大约是当时社会上各种民间小曲流传情况复杂,为清除不良之曲才设这"盲生词曲传习所"。尤其重要的是,这一传习所重点传授学习的是"京子弟、卫子弟、西城板",那么即是说,"盲生词曲传习所"是传授子弟书的专门机构了。这对于我们了解子弟书在天津的传播有着极大的帮助,上述《星期报》上所载资料,确实使我们感觉"豁然开朗"。它证明,在20世纪一二十年代,子弟书仍然在天津被传唱,而且是由"社会教育办事处"组织专门的师傅、乐师教授"盲生"演唱子弟书。子弟书繁荣在北京,而其传唱的最后时期很可能是在天津。

下面再谈一下林兆翰其人。就如二凌居士对于沈阳的子弟书一样,林兆翰对于天津的子弟书传播可谓作出了极大的贡献。前面提到,许多子弟书的序跋都由林兆翰来撰写。他的身份是由直隶巡按使朱中卿委任的“社会教育办事处”的总负责人,《星期报》的总理人。据《星期报》载,他曾于“客岁十二月二日面呈大总统社会教育条目”,是一位对社会教育极有热心的人物。在他的推动下,许多子弟书被“付印”,他为《徐母训子》、《千金全德》等子弟书写的序跋中多次强调“移风易俗,莫善于乐”。对于曲艺的喜爱,参之以社会责任感,使他将子弟书列入了“礼乐”之族中,由此可见他的儒学文化意识。其所办的《星期报》甚至连广告都特意标明“与本报宗旨不合者概不登载”,广告均为一些补习学校招生、读书之类的教育广告,投稿亦是“但与本报宗旨不合者恕不登载”。其报每周出一期(即一号),主要有“格言”、“演讲”、“艺剧谈”、“卫生”、“正俗”、“故事”等几大板块。从这些名字可以看出主要都是有关社会风俗的。其中“艺剧谈”栏目主要刊载一些曲艺唱段,其中便有一些子弟书如《白帝城》、《千金全德》刊登于此栏。林兆翰本人也有一些谈社会风俗教育的文章刊登于此报。《星期报》成为历史上惟一设专栏刊登子弟书等曲艺的报纸。虽然它在报刊史上名声并不响亮,退居一隅,远比不上《大公报》等名报,但从子弟书的文化传播史观照,《星期报》则可永载史册,它是子弟书在近代流传的极好印证。在近代中国,当新文化风行之时,《星期报》以其独有的文化风范传承着传统曲艺。在这里,我们看到两点,一方面此报承接新时代之风,改俗易风,与“五四”新文化有相通之处;而另一方面,它又与“五四”横扫旧文化之风并不完全相接,它是带着传承旧文化的意识去“易俗”的,换句话讲,改造社会并不一定要抛弃旧文化,传统曲艺仍被看做易风的文化载体,而非革命对象。因此,《星期报》带有文化保守主义的倾向。此报从1915年创刊、发行至30年代,对于保存“国粹”起了一定作用。在这里,子弟书与中国近代新文化的双重意味便值得咀嚼了。

在《子弟书约选日记》中,编者对子弟书入选报纸或入选盲生曲本的标准是相当严格的,其不入选的篇目主要有以下几类:

1. 与社会教育风俗不相关者：

《数罗汉》、《探塔》、《祭塔》、《出塔》题曰"四段皆迷信，与社会教育不合"。

《遣春梅》题"与社会教育不合"。

《沉香亭》题"与社会教育不相符合"。

《鹊桥密誓》题"同前"。

《湘云醉酒》题"虽属韵事，然与社会教育不合"。

《宝钗代绣》题"与社会教育不合"。

《二玉论心》题"无关教育"。

《椿龄画蔷》题"描写情痴，与社会教育不合"。

《拐棒楼》题"走票说书，无关教育"。

《女斛斗》题"伤风败俗"。

2. 言涉情欲者；

《探雯换袄》题"情痴一段，不可入选"。

《戏柳》"写宝玉痴情，不录"。

《送盒子》"事既卑鄙，词尤猥亵"。

《风流子弟》"语多猥亵"。

《幻中缘》"言情文字"。

3. 文意、文字平庸者

《观雪乍冰》"文意平常"。

《查关》"无大意味"。

《打朝》"无情无理"。

《梨园馆》"惜多夸张，而无规讽"。

《逛护国寺》"游戏文章，无大意味"。

《捐纳大爷》"无味之至"。

《拿螃蟹》"琐屑之极"。

4. 其他

《打面缸》"此等戏剧往前常常演唱，近来正在禁演之列"。

《纂须子》"一派市井语，顽笑语"。

《孟子见梁惠王》、《齐人有一妻一妾》"未免陈腐"。

《喜起舞》"颂前清功德"。

《红旗捷报》“前清平匪夷”。

不入选的主要原因或因风俗，或因情欲，或因文字，或因朝代，总之体现了20世纪初清朝灭亡、民国建立后新的社会风尚。

其入选的篇章主要有以下几类：

1．思想醇厚者：

《千钟禄》题“可选三回、四回方孝孺忠君爱国”。

《遣晴雯》、《追囊遣雯》题“以上两种用意尚纯正”。

《续花别》“征人思妇，能不失性情之正”。

《苇连换笋鸡》“可为殷鉴”。

2．文字优美、文风诙谐者：

《长亭》“可选，须删改”。

《梦榜》“情景颇佳”。

《送荆娘》“可选，须加以润色”。

《两宴大观园》“趣语颇多，可选教育生”。

《三宣牙牌令》“与前同”。

《刘姥姥醉卧怡红院》“可钞存”。

《刘高手看病》“诙谐讽世，可选教育生”。

《下河南》“可斗笑也”。

《得钞傲妻》“调侃世人”。

《顶灯》“凑趣斗笑”。

《饭会》“调侃世人”。

《桃李园》“桃李芳园，千古雅集，作者本序语，文章既清高而衬笔亦无俗气似宜采登诸报，以供众览也”。

编者认为可选的两类，一类思想淳正者，自然益于“教育”；另一类从文字上说，或优美或诙谐，尤其后一点：诙谐正可作为盲词之用。当然，从上述的标准看，不免有些局限，许多写江湖艺人的篇目，如《女斛斗》，生活之事如《拿螃蟹》在今天看来有较高的文献价值，对于我们了解当时的市井生活是很有帮助的，但编者却将之剔出。另外，还有一些描写儿女情长之事，如《二玉论心》亦有文学价值，但编者却简单地以一句“与社会不合”为由而不选，则过多强调了社会性而忽略了文艺性、赏析性。

第四节　百本张与子弟书书坊

一、百本张概况

“百本张”与子弟书之间有着天然的联系，说起子弟书，人们会想起“百本张”发售的大量子弟书抄本，今天我们所见的很大一部分子弟书是“百本张”的本子；说起“百本张”，人们又会自然想到清代以来大量的曲本，几乎所有的北方曲种都能在这里找到身影，也当然包括子弟书。“百本张”在曲本的传播中是如此的重要，名气是如此响亮，它几乎代表了一个时代的曲本形象，理所当然地成为曲本的“形象代言人”。时空返回二三百年，在京城的热闹市肆中，车马比邻，书市飘香。嘈杂的庙会中，奇珍林立，车马不通。抄卖曲本的摊位出现了，字号也挂起来了，它的多种抄本颇受市民欢迎，在热闹的集市中不失为亮点，一册册小小曲本被购买走，抄卖曲本的本家也把生意越做越大，借问曲本何处有，市人遥指“百本张”。

《逛护国寺》子弟书中描写了庙会中的曲本(包括子弟书)交易：

至东碑亭见百本张摆着书戏本，
他翻扯了多时望着张大把话云。
我定抄一部施公案，
还抄一部绿牡丹亚赛石玉昆。
张大不语扭着个脸，
又见张二本旁边挥着泥人。
……
见同乐堂在西碑亭下摆着书戏本，
近日他新添小画想发财。
马六站起忙让座，
说斋请看这两回新书倒诙谐。
这是鹤侣氏新编的两回《时道人逛护国寺》，
他说拿来我看看坐下将书接过来。

看了两篇摇头晃脑说成句而已，
未必够板数来宝一样这是何苦来。
……
他批评了多时将书扔下扬长去，
将马六气的眼发呆。

书坊向来就是中国通俗文艺的传播集散之地。唐宋以后，随着市民的不断扩大，书坊业也不断扩大规模，明清时期，各地的书坊得到了迅速的发展。市井民众喜爱小说、评书、戏曲，而这些文艺向来是官方所不齿，甚至禁止通行的，因此，官方极少出版或传播这类文艺。于是民间书坊成了传播通俗文艺的“温床”。为迎合市井民众的趣味，获得利润，民间书坊大量刻刊或抄录了“不登大雅之堂”的通俗文艺。如明代《三国演义》、《西游记》、《水浒传》等早期都是坊刻本。书坊与通俗文艺就这样结下了不解之缘。清中叶以来，子弟书等曲艺形式发展迅猛，于是，许多民间书坊看中这一机缘，大量抄录（刊印）曲本，客观上为子弟书艺术的传播提供了广大的空间。《绿棠吟馆子弟书选序》说子弟书“在咸同以来颇盛一时，故前门外打磨厂一带之铺肆多有刊板出售者，此外如东城之隆福寺、西城之护国寺有所谓百本张者，亦出售此项抄本之书”。当时抄录出售子弟书的书坊有“百本张”、“乐善堂”、“亿本刚”、“聚卷堂”、“别野堂”、“亿卷堂”等。

“百本张”，亦称“百本堂”，创于乾隆五十五年，即公元 1790 年，历时数代，至光绪年间生意仍很旺。① 其地点据抄本上的印章，位于“西直门内大街高井胡同”，有的印章上刻为“新街口菜园六条胡同”。这两地约为同一地方。它的创办人为张二，具体名字不详。百本张专门从事抄录各种曲本。除子弟书外，还印行昆曲、皮簧等。据百本张《二簧戏目录》卷首启示：

本堂专抄各班昆、弋、二簧、梆子、西皮；子弟岔曲、赶板、翠岔、代牌子、琴腔、小曲、马头调、大鼓书词、莲花落、工尺字、

① 见《中国曲艺志·北京卷》，中国 ISBM 中心 1999 年版，第 28 页。

东西两韵子弟书、石派大本书词。

可见其经营范围之广，几乎当时流行于北方的各种俗曲、曲艺、戏曲都包括在内了。

傅雪漪称其为“发售自产手抄民间戏曲、曲艺唱本的小手工业者首席”、“民间文艺的传播者”[①] 确不虚言。在“百本堂”的钞本封面印有“成作虎丘顽物戏人，代塑行乐喜客”字样，学者有推断其主人张二是出自于苏州的泥塑艺人。[②] 苏州在明清之际是中国文化的名城，张二正是带着苏州人特有的文化底蕴与细腻灵蕴来北京创办民间文化产业的。从乾隆朝至清末的二百余年，张姓的“百本堂”旗号经数代而不倒，自有其经营之道。“百本堂”善作广告推广自己的品牌。《二簧戏目录》卷首中云“世传四代，起首第一，四远驰名”。当然，它的品质也是有保证的：“真不二价，不误主顾”，这说明，在为客户抄录曲本时，价格、时间、内容等都是有保证的，一切为主顾服务，这样自然生意会好做。在二百年中，“百本堂”经历了不同时期，其印章也有多次变化。据考证，封面印章共换了九种形状。[③] 有学者指出，

> 可以据此考证版本的年代。封面上墨印“别还价，百本张”长方木章，四周为双线框，两行字中有单线，为最早出品；封面上有墨印长方木章，四周为几何图案的边框，中心两行字“别还价，百本张”，中间有界，此章右侧，盖朱长章一方，上标“寓”字，下分两行，“西直门大街，高井儿胡同”，“北头东胡同路北百本张”，此为第八种，末期则仅存一墨印而已。[④]

封面戳记（印章）是民间书坊抄本的标志性符号，不同的书坊会采用不同形状的戳记以便读者明识。百本堂的戳记很值得研究，不同的时期、不同曲本有不同口号用语。百本张在它的大鼓抄

---

① 傅雪漪：《百本张》，收入《七月寒雪》，大众文艺出版社2000年版，第717页。
② 同上。
③ 傅雪漪：《从〈访贤〉谈京弋腔和百本张——对李家瑞文之我见》，载《中国音乐》1993年第2期。
④ 同上。

本上的图章上写道:“本堂书戏岔曲,当日挑看明白。言明隔期两不退换,诸公君子末怪。由乾隆年起至今,少钱不卖。住西直门内高井胡同中间东小胡同东头路北张姓行二。”子弟书抄本的印章要简单一些,如有的印章在“百本张”几个大字的四周用小字标明“言无二价,童叟无欺”和“世传”字样,同时在印章旁边用朱字刻出“由乾隆年起至今,少钱不卖,别还价”字样。首图藏《纂须子论子弟书》、《玉儿献花子弟书》、《得钞傲妻子弟书》等均用这种风格的印章。有的印章则是在“言无二价,童叟无欺”和“世传百本张”印记旁用朱字刻出“住西直门大街高井胡同张姓行二”字样。首图藏《续钞借银子弟书》便用此标识。最常见的印章是“别还价,百本张”的印章,现存子弟书很多都使用这一类型的印章。这些印章戳记标识出百本张发展的不同阶段,也是推广自己的好办法。

百本堂的发售地点主要是北京的两大庙会:护国寺和隆福寺。每月“逢七、八日在西城护国寺的碑亭出售;逢九、十日在东边隆福寺的西角门祖师殿出售”(见《二簧戏目录》卷首启事)。《燕京岁时记》云:

> 西庙曰护国寺,在皇城西北定府大街正西。东庙曰隆福寺,在东四牌楼西马市正北。自正月起,每逢七、八日开西庙,九、十日开东庙。开庙之日,百货云集,凡珠玉、绫罗、衣服、饮食、古玩、字画、花鸟、虫鱼以及寻常日用之物,星卜、杂技之流,无所不有。乃都城内之一大市会也(后注小字:隆福寺于光绪二十七年十月二十二日毁于火)。①

《天咫偶闻》中也提到“内城书肆均在隆福寺”,“隆善护国寺,俗称护国寺……月七、八日有庙市,与隆福寺埒,而宏敞过之”。②可见这两地是当时京城的图书交易场所。在发售时顾客亦可当场“定抄”,即指定百本堂为自己抄录某种曲本。百本堂的曲本基本以抄录为主,可看出中国民间曲艺的随意性、小规模性与市井性。庙会成为通俗文艺传播的中转地。

---

① 富察敦崇:《燕京岁时记》“东西庙”条,北京古籍出版社 2001 年版,第 53—54 页。

② 震钧:《天咫偶闻》卷七、卷四,北京古籍出版社 1982 年版,第 164、90 页。

百本堂的曲本分类很细致，从结构上分，可分为单折本与多折本（单回本与多回本）；从工尺曲上分，可分为不带工尺谱的一般抄本与带工尺板眼的曲谱本，如《弹词》曲本便分一般的与"附人工工尺板眼"的两种，前者价钱"一吊"，后者当然贵一些，"一吊八"。另外，还可分为目录类抄本与单抄本。目录类如《子弟书目录》、《二簧戏目录》等均抄录该曲种的所有目录，然后买者可根据目录再去购买、定抄单本。如此细致的本子，显然适应了不同读者的需求，颇有"人性化"的服务特色。

除百本堂外，其他一些书坊也经营子弟书。如"亿卷堂"，从名字上看，似有意与"百本"竞争，表明自己经营书目之繁多，这也是种商业手段。其所出的子弟书印章刻有"亿卷堂"字样，在印章周围花边中，有八字"天下驰名，京都第一"，表明了宣传气势；"别野堂"抄录的子弟书封面印章写有"别野堂记，与众不同"的字样；聚卷堂本的封面则印有"聚卷堂李，不对管换"字样。由此可知清中叶之后北京民间书坊业竞争之激烈，名目之繁多。子弟书等说唱曲本行情看好，许多坊主抓住时机，从而出现了大量的子弟书抄录本。这是商业利益所驱使，从客观上看也为保存子弟书、推动子弟书的传播起了不小的作用。

二、子弟书的售价及传播

民间书坊为何有这么多业主看好子弟书，雇大量的抄书者进行抄书、售书的活动呢？这一问题其实可以解答子弟书在当时传播之广的奥秘。问题的一个关键就在于价钱。纵观中国古典文学艺术，书价的贵贱与否是决定其传播速度与广度的重要衡量因素。中国古典小说很多都是长篇巨制，动辄百回，其售价自然不菲。如《封神演义》，"内阁文库藏《新刻钟伯敬先生批评封神演义》（百回本）。孙楷第先生云此亦万历末年所刊，或竟在昌启时，封面书名下方有'每部定价纹银贰两'，由金阊书坊舒冲甫刻印。半叶十行，行二十字，字体扁而端好悦目，开板亦阔。图五十叶百面，尤精彩如绘，写刻俱出名手无疑”[1]。清中叶《红楼梦》售价“乾隆八旬盛典后，京板《红楼梦》流衍江浙，每部数十金”[2]。可以说，长篇小说售价一般至少在一两纹银之上（盗版除外）。即使短篇小说如“三言”等也不会按短篇来单卖，而是以合集来出售，所以价钱并无什么差别。再加上明清时坊刻盛行插图、评点等，所以造成了价钱昂贵，非有一定经济基础者不能承受。但子弟书等曲本则不同。坊主们巧妙地利用说唱故事一般较短的特点来进行分册出售，单册只有一个故事，这样薄小的小册子自然便宜，买者便随之增多。再加上雇来抄录者都是普通抄工，不像小说那样有时需要名人刊刻，只要字迹工整可认即可；另外，曲本一般很少有绣像点缀，这样从各方面都节约了成本，售价非常便宜，一般读者均可根据自己所需或单册或多册购买。无形中，曲本的阅读范围扩大了，流传也广泛起来。从这点说，子弟书等曲艺是当之无愧的民间文艺。

子弟书的单册价钱从各种《子弟书书目》中可一览无遗。“百本张”的子弟书价位不贵，从其《子弟书目录》看，一般是：一回本的价钱是四百左右（或五百）；二回本的八百或七百；三回本的一吊至二吊五之间；四回本的一吊五至二吊之间；五回至七回本的为二吊钱到三吊钱之间；八回本三吊左右；十回本以上多是四吊；十一回本到十三回本为四吊至五吊左右；十四回以上五吊；二十回以上七吊；最贵的是《全彩楼》共三十回，售价十二吊钱，平均每增加一回，价钱就增加四百或五百左右。几百文到几吊、几十吊，这样的价格比起小说的“贰两”或“数金”要便宜得多。正所谓薄利多销，这是经营子弟书等曲本的书坊盛行的重要原因。

“百本张”的子弟书价钱并不总是一致，它与其他坊本的售价情况也不一样。下面举出三个本子的价位来进行比较：

① 见孙楷第：《中国通俗小说书目》，人民文学出版社 1982 年版。

② 毛庆臻：《一亭考古杂记》，收入一粟《古典文学研究资料汇编·红楼梦卷》，中国书局 1985 年版，第 357—358 页。

	百本张甲本	乙本	乐善堂本
《椿龄画蔷》	四百	四百	三百
《湘云醉酒》	四百	四百	二百
《思玉戏环》	四百	四百	二百
《骨牌名》	五百	三百	
《活捉》	七百	五百	四百
《寄柬》	五百	四百	三百
《痴梦》	四百	四百	二百
《探雯换袄》	八百	八百	五百
《背娃入府》	八百	七百	五百
《射鸪子》	八百	七百	四百
《宝钗产玉》	八百	七百	四百
《百宝箱》	一吊五	一吊	九百文
《花别妻》	一吊六	一吊二	
《趋心愿》	一吊四	一吊	九百
《雪梅吊孝》	八百	七百	五百
《挂帛上坟》	八百	七百	四百
《烟花叹》	八百	七百	
《连升三级》	八百	七百	六百
《续灵官庙》	八百	七百	

从上图看出，百本张本的价钱总体要比乐善堂本的贵一些；百本张甲本要比乙本贵一些。因为这些曲本具体产生年代不详，很可能不是同时的价格，所以不排除因不同时期物价不同而造成的售价差异。

在同一版本中，同一回数的子弟书的售价也并不相同。如一回的曲本，有的售价四百，有的五百，这主要取决于曲本的新创性即原创性。考察百本张甲本，我们发现，新创的子弟书比改编自名著的子弟书价格稍贵一些。如同是一回，改编自《红楼》、《三国》等的子弟书《湘云醉酒》、《思玉戏环》、《两宴大观园》、《东吴招亲》、《连环记》等均标价“四百”，而新创作的带有时代特色、风土人情的子弟书如《灵官庙》、《老侍卫叹》、《少侍卫叹》、《女侍卫叹》、《太常寺》、《禄寿堂》、《为票傲夫》、《票把儿上台》、《灯谜会》、《苇连换笋鸡》、《骂女代戏》等均售价“五百”；同是二回，《宝钗产玉》、《出塔》等售价“八百”，而《逛护国寺》、《打拾壶》、《借靴》等带有时代气息的原创作品售价则高达“一吊”；时事剧《碧玉将军》四回，售价达“二吊”，而其他的四回本的子弟书价钱均为一吊多。另外，内容的色情与否也影响价位。凡标明“粉”、“春”字样的带有色情描写的子弟书都比较贵些。如有关《金瓶梅》的子弟书《葡萄架》、《满汉兼升官图》，均为一回，售价“五百”，比一般的“四百”要高一些。《送枕头》二回标有“春”字样，售价“一吊”；而其他二回的本子多为“八百”。另外，字数多少也相应地决定价位。尤其在较长的回目中，字数往往差别很大，所以定价一定要不同。如同是八回，《红拂私奔》篇幅很短，不到六千字，售价“二吊四”；而《雷峰塔》篇幅很长，超过一万字，售价相应要高达“三吊六”，其他的八回本字数在两者之间，售价也在“二吊六”至“三吊”间。可见较长回目中价位与篇幅是成正比的。

“百本张”从各方面讲都是民间的、大众化的、通俗的。从内容设计上说，为了让普通市井百姓看到子弟书名就知道是讲什么故事，还需在每一书名之后用简单几个字概括该书的故事梗概。如《挑廉定计》后有一行小字注明“王婆说妓”；《捐纳大爷》后标明“上小旦下处”；《沉香亭》后注“李白吟诗”；《红旗捷报》后注“拿张格尔”等，均使读者看后能迅速知道故事的大致内容，便于阅读与购买。另外，为使读者了解每一个故事的审美趣味，书坊主们常会在每一目录之后用一字标明其美学倾向，即“笑”、“苦”、“春”、“粉”四类，它们分别代表喜剧、悲剧和色情类。后两种基本属于情事类，并不一定是色情描写。“笑”类有《荸莲换笋鸡》、《醉卧怡红院》、《乡城骂》、《背娃入府》等幽默滑稽的故事；“苦”类有《走岭子》、《哭塔》、《斩窦娥》、《雪梅吊孝》等；“春”类有《思玉戏环》、《满汉兼升官图》、《送盒子》、《续戏姨》、《葡萄架》、《送枕头》、《打围回围》、《借芭蕉扇》、《僧尼会》、《家主戏环》、《滚楼》、《公子戏环》共十二种；“粉”类很少，共有《卖姻脂》、《路旁花》、《灯草和尚》三种。“春”与“粉”类很难说有什么区别。可以说，借用故事梗概法与一字分类法能很快地说明故事，便于读者购买，是书坊间一种推广曲本的通俗化做法。其中有些用语今天看来很不妥。《僧尼会》描写尼姑追求人间情感，并无涉色情，但也归入了“春”类，似不合适。有些概括似太浮浅，如《老侍卫叹》题"误差吃醋"并不精当，没有把握故事的内涵。但是，这些提示性语句却是书坊主们煞费苦心的地方，为子弟书更好地向市井百姓传播起了很好的"导示"作用。"喜"与"苦"的划分简单而抓住要害，其实指出了喜剧与悲剧这两个重要的美学概念。这些都使"提示性"话语具有了不可替代的作用。也正是这些简单的词句吸引了众多的读者购买、阅读，子弟书的传播由此而快捷、明了，这便是通俗文艺的大众化传导道路。

书坊间的子弟书，是处于流动状态的大众文化现象。它牵扯到书坊主、抄者、买者、看者等不同层次的民众，关联到书坊、庙会、家庭等广阔的空间，从中汩汩流出的是市井情怀与大众气息。

子弟书的传播方式不止于此。《北京的租书业》中说：

> 在北京，从清末起就出现了一些馒头铺兼营租书，有的也售书，直到光绪三十四(1908)年还存在，做法是：由馒头铺出面组织一些人抄写各种戏剧剧本、曲艺唱本，抄好后，订成小册子，租给读者看，当时差不多每一个馒头铺都兼租书，以此为副业，最著名的属"百本张"。他租阅的剧本、唱本有一百五十多种。租阅的书多的是各种小唱本，其中也是大部头的书，例如《三国志鼓词》，共有一百六十五万字，分订成一百七十三本。他出租的图书，封面都盖有"百本张"的印记。有的还盖有"住西直门大街高"、"高井胡同路北"两行字的朱印木戳。当时除"百本张"外，聚卷堂，老聚卷堂，宝姓的别野堂也很有名。①

据此段话，那么"百本张"等抄录子弟书的书坊应为"馒头铺"而兼书业。清代确有馒头铺兼营租书业的情况，但学者李家瑞的文章中涉及的"馒头铺"提到了永隆斋、永和斋、兴隆斋、集雅斋、隆福斋、吉巧斋、聚文斋、鸿吉斋、保安斋、天顺斋、崔记、福盛斋、三美

---

① 孙忠铨：《北京的租书业》，见《北京出版史志》第13辑，北京出版社1999年版，，第179页。

斋等[1]，只字未提最有名的“百本张”。“百本张”是否确经营馒头铺有待进一步研究。如果确证的话，“百本张”中的那些子弟书抄本也应当是可以用来租赁的。但现存百本张子弟书未有任何租赁说明字样。道光二十四年(1844)浙江杭州知府在告示中云：“更有一种税书铺户，专备稗官野史，及一切无稽唱本招人赁看，名目不一，大半淫秽异常，为害尤巨。”[2] 乾隆三年(1738)规定“开铺租赁者，照《市卖例》治罪。该管官员任其收存租赁，明知故纵者，照《禁止邪教不能察辑例》，降二级调用”[3]。子弟书中那些“春”、“粉”类的书目正在“淫秽异常”之列。有关这方面，值得进一步研究。

---

① 李家瑞：《清代北京馒头铺租赁唱本的概况》，《天津大公报》，民国二十五年2月27日到8版。

② 王利器：《元明清三代禁毁小说戏曲史料》，上海古籍出版社1981年版，第120页。

③ 同上书，第41—42页。

结 语

清中叶以来,雅部式微,花部渐兴,各种通俗文艺呈现百花齐放之势。正是在此良好的文化生态之下,子弟书诞生了。它用优雅的身姿将人们召唤进一个生动活泼的生命世界。子弟书继承了传统文艺的情感与形式,如古诗的典雅,民歌的鲜活,说唱的通脱,文人的感怀,平民的欢畅。这些精华融合于一体,构成了子弟书深厚的艺术积淀,使其具有颇强的承袭性与内敛性,正如学者评价它"展现了中国通俗文学的发展沿袭性强的规律。在沿袭中扩展情节……这是前工业社会民俗文化的综合性的表现,中国传统审美的单向选择性和趋同意识排斥绝对的个性"①。子弟书不具有那种强调异端或怪僻的思想气质。大体上说,它仍可纳于主流的意识形态之中,虽然在篇首或篇尾诗篇中有不少呐喊性的诗句,但仍不出传统框架。它的思想总不外于传统的模式,如才子佳人,闺怨,仕路坎坷等等。这形成了它的致命缺点,无法站在时代的风口浪尖上引领时代的思想之帆。老实说,很难给人以精神的全新体验。这其实是通俗文艺的普遍问题。

但正因此,子弟书在另一方面——文本形式上的特点却得以彰显出来。"所有文化产品都包括两种因素的混合物:传统手法与创造(conventions and inventions)。传统手法是创作者和观众事先都知道的因素——其中包括最受喜欢的情节、定型的人物、大家都接受的观点、众所周知的暗喻和其他语言手段等等。另一方面创造由创作者独一无二地想像出来的因素,例如新类型的人物、观点或语言形式。"② 子弟书正是如此,有创造,有继承。它完成了中国传

① 薛宝琨:《中国说唱艺术史论》,花山文艺出版社 1990 年版。

② 〔美〕伯格:《通俗文化,媒介和日常生活中的叙事》,南京大学出版社 2000 年版,第 138 页。

统叙事诗的最后飞跃，形成了独特的子弟书文体；它对诗化及口语化语言的体贴灵活的运用，对汉语修辞方式的酣畅淋漓的展现都充分体现了汉语文化的独特魅力，对我们研习古典文化，进行新体文艺的创作都有很好的借鉴作用。曾有学者指出，搞创作的人应读一读子弟书以提高语言文字的写作水平；子弟书对古代典籍的改编、发挥有着独到的见解。许多小说经子弟书作家之手的改编不仅没有黯然失色，反而别具风韵，达到了虚实相生的艺术境界。一方面既忠实于原著，另一方面又虚化出新的内涵。这对今天盛行的改编之风或许有些启发。改编到底如何进行，如何呈现自身的魅力，《红楼梦》子弟书等很具有参考价值。

雅俗共赏是历来人们对文艺的要求，但达到此标准的作品并不多。高雅艺术，如诗词歌赋，通常讲究“雅”的境界；通俗文艺，则更多注重民众的接受力，偏于“俗”的追求。阳春白雪与下里巴人往往水火不容，成为评论家永恒的话题。子弟书作为一种通俗文艺，却有着独特的高雅气质，在文人的孤高中又有对市井的喜爱。市井的喧嚣，庙会的繁杂，酒馆的争吵都描绘得有声有色。子弟书作家极善观察市井，他们喜欢通过看小戏、下茶馆来体悟五光十色的生活。这种体悟不是居高临下式的旁观，而是作为其中一员的真切感受。只要比较一下同时期的其他作品，这种倾向便一目了然。同是八旗子弟的作家文康，创作了著名小说《儿女英雄传》，在此书中，他提倡严谨的家风与学风。主人公安公子腼腆内向，在严父的教导下，从不与社会上的人随便交往。当时京城流行的戏剧曲艺活动也是从不参与。这正是文康本人理想的子弟形象。而子弟书中的那些子弟，甚至包括作者本人，却喜欢到前门外去看戏，接触了市井中形形色色的人，并以此为乐。这种不同于正规八旗子弟的生活方式，造就了他们对市井生活的熟悉。作品中的雅俗共赏的气息自然就流露出来。子弟书无疑属于清中叶以来众多的通俗文艺之一种，但它又具有非通俗的文人气质，它在相排斥的两极——文人与市井中都找到了自己的位置，具有极强的文人色彩与极浓的市井气息。

子弟书承载了八旗文人的情感，为我们展现了一幅古代至近代数百年变幻的历史。

历史有不同的记述方式，子弟书用诗化的方式吟咏生活，追忆历史。虽然它的艺术活动已不复存在，“此情可待成追忆”，但这种追索的过程是不断的。

附录

遗失的民族艺术珍品

——北师大馆藏《卖油郎独占花魁》等子弟书的发现及其价值

子弟书是清中后期流行于北方地区的曲艺形式,作者多为满族八旗子弟,故称“子弟书”。这些满族文人熟谙汉族文化,因而子弟书便成为不同民族间文艺交融的产物。它以纯唱为主,每句从七字到几十字不等,是文字优美的押韵诗篇。随着对曲艺研究的深入,人们已越来越多地认识到子弟书的文化价值。现存子弟书共有近五百篇,其中多半取材于小说和戏曲。从现存清蒙古车王府子弟书、“中央”研究院史语所及傅惜华等学者私人收藏的抄本及刻本看,取材于“三言”的子弟书共有以下几篇:

《珍珠衫》(取材于《古今小说·蒋兴哥重会珍珠衫》)

《滕大尹》或称《鬼断家私》(取材于《古今小说·滕大尹鬼断家私》)

《摔琴》(取材于《警世通言·俞伯牙摔琴谢知音》)

《百宝箱》(取材于《警世通言·杜十娘怒沉百宝箱》)

《百年长恨》(取材于《警世通言·王娇鸾百年长恨》)

《雷峰塔》(取材于《警世通言·白娘子永镇雷峰塔》)

《花叟逢仙》(取材于《醒世恒言·灌园叟晚逢仙女》)

《凤鸾俦》(取材于《醒世恒言·钱秀才错占凤凰俦》)

《巧姻缘》(取材于《醒世恒言·乔太守乱点鸳鸯谱》)

《三难新郎》(取材于《醒世恒言·苏小妹三难新郎》)

其中并没有《卖油郎独占花魁》这一“三言”中著名小说的改写本。傅惜华先生的《子弟书总目》中没有提到《卖油郎独占花魁》。其他如“别野堂”、“百本张”等书目也没有此本存目。那么,是子弟书中根本没有改编过《卖油郎独占花魁》呢,还是有此子弟书而遗失了呢？近日笔者从北京师范大学图书馆中发现了《卖油郎独占花魁》子弟书的抄本，从而为子弟书家族中又添上了珍贵的一员。

一、《卖油郎独占花魁》子弟书的抄本情况

北师大馆藏子弟书据笔者初步统计共六篇，它们是：

《连理枝子弟书》（抄本）

《宁五关、刺汤》（抄本）

《离魂子弟书》（抄本）

《红叶题诗》（抄本）

《千金全德卫子弟书》（韩小窗著，天津社会教育办事处印）

《卖油郎独占花魁》子弟书，抄本

以上前五种均见于已出版的各类子弟书集中，惟独第六种《卖油郎独占花魁》是师大馆藏子弟书中惟一没有被现存子弟书书目收录的一篇，具有极高的文献价值。该书作者佚名。封面左上题"卖油郎独占花魁"，右上角题"戊申仲夏"，右上角署名"文真订"。抄本年代"戊申仲夏"当有两种可能，道光二十八年即1848年，光绪三十四年即1908年。子弟书的说唱主要流行时间为清乾隆年间至清末，而其唱本现发现的又以道光年间为多。从《卖油郎独占花魁》一书文字之成熟来看，上述两个年代较为可靠。本书最具特色的是全书不分回，而分上下两卷。这在现存子弟书中并不多见。上卷结尾处写道：

> 美娘枕上将他问，贵姓高名住那边。
> 欲知油郎花魁事，下卷之上见明白。

分卷是中国古典文艺的一种常见形式，如《红楼梦》的早期版本《戚蓼生序本石头记》便十回为一卷。现存子弟书多分回，这一书用"卷"来划分章节，或许它表明子弟书的唱本还有一个特殊的存在阶段。

《卖油郎独占花魁》抄写者"文真"不详何人，从抄本书写来看，书写字体远没有达到自成一家的境界，但落笔整洁、有力，讲究一定的书法规范，因此，抄写者可能是一个具有一定文化修养的下层

文人或书铺工匠。他喜欢流行的子弟书唱曲，所以用笔抄写了下来。子弟书抄写者一般都是这些生活在底层的市井人员，他们或者喜欢这种曲艺，或者处于某种职业需要（如车王府子弟书的抄写者是被王府雇佣来专职抄写的）。子弟书作为曲艺流行于市井，它的地位甚至还不如小说、戏曲，很少被大量出版刻书，于是抄写便成为保存此曲种面貌的主要形式。这种"个体"的行为保留了一个时代的艺术。由此可看出子弟书这种艺术在当时是与都市大众分不开的。

二、《卖油郎独占花魁》子弟书的文学价值

子弟书向以文辞雅致而著称，《卖油郎独占花魁》很好地体现了子弟书的精致艺术。全书以《醒世恒言》中名篇《卖油郎独占花魁》为底本，同时又加入作者独特的剪裁与情思，从而将这一名篇写的有声有色，情采异然。可以说，子弟书不单是对小说的改变，也是一种创造，是在小说创作几百年后接受者的独特体悟，是诗歌与叙事的完美结合。因此，可以肯定它是子弟书成熟阶段的产物。

创作者的视角往往决定整部作品的情感定向与思维脉络，是作家独具只眼之所在。子弟书《卖油郎独占花魁》的视角较之小说，有了以下几大转变：

1. 叙述视角由全知变为限知视角

在小说中，作者是站在较客观的全知视角来审视人物与情节，从莘娘与父母在兵乱中失散到被卖到妓院，从秦钟（子弟书中叫秦良）被父遗弃到成为油店老板的养子，作家用两条线索来分别讲述男女主人公的人生遭际。可以说，这里的视角没有限制，作者在"暗中"跟随瑶娘从北方到杭州落身为妓，又一路跟随秦钟从小孩成长为青年，故事性很强，触角延伸很广。而子弟书作为一种说唱艺术，讲究篇幅不可过长，情节要相对集中，因此其视角从开始已发生变化。行文开头几句上场诗"建都即位在临安，起用忠良来直谏。蠲免钱粮万姓欢，国富兵强天下治"是对故事背景的一个概括。接下来叙述视角马上转入秦钟一家的限知范围，他被朱家收养，改名朱童，"光阴似箭三四载，朱童人人尽讨嫌，自从冤家进门

不大紧，诸凡谨守不赚钱”。接着只简单两句“男女巧施反间计，十老跟前进谗言”，概括出朱童（秦钟）身边环境的险恶，他被恶人逼出家门，自己去独自谋生，当了卖油郎。至于养父身边的“男女”如何施坏，在这里没有提及。因为是限知叙述，作者关心的是秦钟以后的新生活与变化，不可能像小说那样用很多篇幅讲述丫环与伙计如何进谗言于养父，又如何挟财逃走。

花魁瑶娘的出现是在卖油郎的视野范围之内。当油郎卖路过西湖边时，他发现了花魁：

> 只见他巧挽乌云龙凤髻，珠翠盈头别玉簪。
> 脸似桃花初放开，耳坠金镶八宝环。
> ……
> 忽然一阵东风起，轻轻露出小金莲。
> 卖油郎眼花缭乱魂飘荡，难收意马与心猿。
> 我也曾见过多少裙钗女，不似他万种风情起目前。

至于花魁是什么人，为什么在西湖边，听众并不知晓。而在小说中，作者是先叙瑶娘身落妓院，封为花魁，在西湖边住，出门乃是送客接客，油郎看见她的美貌便不足为奇了，一切似乎都在料想之中。在子弟书中，经过限知视角的过滤，一切都变的朦胧而又神秘。接下来油郎一心想念花魁，得知花魁身份后，几年中辛苦积攒了十两银钱，经历了多次磨难终于见到了花魁。花魁的坎坷身世又是从她自己的口中叙述出，从卖油郎耳中听得。就这样，子弟书作者巧妙地以卖油郎为视角出发点，一切风物人情从他眼中看出，一切活动从他身上引发，这样结构更加紧凑，扣人心弦。这正是说唱艺术的独特魅力。

2．浓烈的抒情气氛

子弟书要在不长的篇幅中打动观众，其“杀手锏”便是浓烈的抒情风范。子弟书中的名篇多以抒情见长，如《露泪缘》。它往往在短短的篇幅中用长长的句子来抒写人物内心的一喜一怒，一哀一叹。以《卖油郎独占花魁》为例，其中大胆的创新便较小说增加了几个抒情亮点。如秦钟独自走街串巷去卖油：

但只见茸茸绿草铺成锦，千顷秀麦种种青。
雁舞粉花来眼低，燕语莺啼似管弦。
奇峰迭迭合苍翠，桃李重重色润鲜。
蛱蝶翩翩飞上下，竹梅袅袅弄晴烟。
观了些王孙公子穿芳径，遇了些穿红挂绿女婵娟。
听了些秦楼楚馆歌声细，见了些佳人对对戏秋千。
观了些儿童笑把风筝放，看了些跑马卖鲜义扒杆，
当了些要春饮酒绿阴坐，玩了些彩扇番轻捕蝶顽。
又只见牧童吹笛横牛背，樵子担柴长挨肩。
扶犁老叟摇鞭走，渔翁垂钓坐沙滩。
信步由行来的快，十锦堂不远在面前。

这些景物经由一个刚长大的少年眼中看去，分外新鲜与灵动。也许他不可能把上述所有的景都看过，因为这里包括了繁华的市井与辽阔的乡村，是一种艺术虚构。但听众已顾不得景物的真假，感受到的是情致的抒发。卖油郎青春驿动的心也仿佛融化在这变幻无穷的景色中。当他辛苦积攒了十两银子前去拜望花魁时，只见天上飞雪飘飘：

空中坠舞梨花片，乱纷纷碎剪鹅毛扑面肩。
一片片野店荒村如粉塑，白茫茫翠壁奇峰似玉瞒。
飘巍巍枯树枝头添异草，叫嚷嚷寒雀争梅上下翻。
白冷冷湖上花飞兼浪滚，孤零零渔船罢钓控丝竿。
影绰绰举目难将湖亭看，一步步深浅琼瑶辨路难。

空中的雪花在这里延宕了秦钟的路程，也延宕了听众的情绪。缓缓的雪花飘在每一位听众心中，浓烈的抒情气氛使得故事摇曳多姿。这些都是子弟书艺术的精华。可以试想当演唱时，伴奏者"三弦款定"，伴着悠扬的弦声，这一句句诗词随声而出，对听众而言，是何等的享受。

3．心理描写的强化

子弟书作者的使命不仅仅是讲述故事，更要揣摩人物内心深处的思绪。子弟书作者在心理描写时多集中于一二人，其他人物的

发展往往从此一人心中想去，眼中看去。《卖油郎独占花魁》中，花魁由开始看不起卖油郎到后来被他真情所动，镇日思念起了对方：

多少情人想都不想单把油郎心上牵。
他说是送客迎宾加小意，叫高就低斗人欢。
若遇斯文贵公子，还有些惜玉怜香另眼看。
或逢俗子轻狂辈，呼天振地性愚顽。
真乃是由人欢喜由人乐，枉他凌辱任他嫌。
相契那是知音者，惟有秦郎见可怜。
且慢说袖接呕吐人难比，就是那彻夜辛勤也就难。
恨只恨雪止梅开君分手，燕至春归你不还。

这是一个经历无数人间风情的女子的真心告白。她终于在认清了纨绔子弟的浪荡无行之后感悟到卖油郎真情的可贵。这些内心独白细腻传神，增强了唱词的艺术魅力，也成为打动观众的情感之弦。

以上几点概括了《卖油郎独占花魁》子弟书的文学价值。可以说，北师大馆藏子弟书不仅有重要的文献价值，填补了现存子弟书的不足，而且在艺术上具有较高的水准，是子弟书中的重要作品。

参考文献

北京大学图书馆藏《清车王府藏曲本》,钞本
北京师范大学图书馆藏《卖油郎独占花魁子弟书》,钞本
北京师范大学图书馆藏《连理枝子弟书》(抄本)
北京师范大学图书馆藏《宁五关、刺汤》(抄本)
北京师范大学图书馆藏《离魂子弟书》(抄本)
北京师范大学图书馆藏《红叶题诗》(抄本)
北京师范大学图书馆藏《千金全德卫子弟书》(韩小窗著,天津社会教育办事处印)
天津图书馆藏《子弟书三种》,刻本
天津图书馆藏《子弟书目录》,抄本
天津图书馆藏《子弟书》,抄本
天津图书馆藏《子弟书约选日记》,抄本
天津图书馆藏《词曲汇编》,抄本
天津图书馆藏《子弟谱》
中国艺术研究院戏曲研究所《宁武关》,诚文信房藏版,光绪丁未年
中国艺术研究院戏曲研究所《姜女寻夫》,财胜永藏版,光绪甲申
首都图书馆藏《子弟书》,抄本
首都图书馆藏《百本张子弟书》,纳哈塔氏辑,光绪二十六年
首都图书馆藏《绿堂吟馆子弟书选》,金台三畏氏,稿本
首都图书馆藏《百本张目录》,百本张抄本
首都图书馆藏《代数叹子弟书》,抄本
首都图书馆藏《挎御子弟书》,百本张抄本
首都图书馆藏《飞熊梦子弟书》,百本张抄本
首都图书馆藏《风月魁子弟书》,百本张抄本
首都图书馆藏《盗甲子弟书》,百本张抄本
首都图书馆藏《玉簪记子弟书》,亿卷堂抄本
首都图书馆藏《百花亭子弟书》,抄本
首都图书馆藏《露泪缘》,刻本

首都图书馆藏《崇祯爷分宫》,三盛堂刻本
首都图书馆藏《得钞傲妻》,裕文斋刻本
首都图书馆藏《走岭子弟书》,百本张抄本
首都图书馆藏《续俏东风子弟书》,百本张抄本
首都图书馆藏《马上联姻子弟书》,百本张抄本
首都图书馆藏《托孤子弟书》,抄本
首都图书馆藏《盘丝洞子弟书》,百本张抄本
首都图书馆藏《戏姨子弟书》,百本张抄本
首都图书馆藏《续戏姨子弟书》,百本张抄本
首都图书馆藏《两宴大观园子弟书》,百本张抄本
首都图书馆藏《探雯换袄子弟书》,百本张抄本
首都图书馆藏《齐陈相骂子弟书》,别野堂抄本
首都图书馆藏《票把上台子弟书》,百本张抄本
首都图书馆藏《票把儿上场子弟书》,百本张抄本
首都图书馆藏《连升三级子弟书》,抄本
首都图书馆藏《望乡子弟书》,百本张抄本
首都图书馆藏《借芭蕉扇子弟书》,百本张抄本
首都图书馆藏《桃花岸子弟书》,聚卷堂抄本
首都图书馆藏《探病子弟书》,百本张抄本
首都图书馆藏《走岭子子弟书》,抄本
首都图书馆藏《百花亭子弟书》,百本张抄本
首都图书馆藏《马上联姻子弟书》,抄本
首都图书馆藏《烟花叹子弟书》,百本张抄本
首都图书馆藏《红拂私奔子弟书》,百本张抄本
首都图书馆藏《鹊桥密誓子弟书》,百本张抄本
首都图书馆藏《思凡》,抄本
首都图书馆藏《蝴蝶梦》,会文山房刻本,同治十三年
首都图书馆藏《双美奇缘》,复印本
首都图书馆藏《凤仪亭子弟书》,百本张抄本
首都图书馆藏《闻铃子弟书》,百本张抄本
首都图书馆藏《集锦书目子弟书》,百本张抄本
首都图书馆藏《意中缘子弟书》,百本张抄本
首都图书馆藏《葡萄架子弟书》,百本张抄本
首都图书馆藏《渔家乐子弟书》,抄本

首都图书馆藏《禄寿堂子弟书》，百本张抄本
首都图书馆藏《晴雯撕扇子弟书》，百本张抄本
首都图书馆藏《一入荣府子弟书》，百本张抄本
首都图书馆藏《巧姻缘子弟书》，聚卷堂抄本
首都图书馆藏《出塔子弟书》，抄本
首都图书馆藏《白帝城子弟书》，聚卷堂抄本
首都图书馆藏《三皇会》，抄本
首都图书馆藏《金鸳鸯三宣牙牌令子弟书》，百本张抄本
首都图书馆藏《同治精刊本俗曲三种》，会文山房刻本
首都图书馆藏《二簧戏目录》，百本张抄本
首都图书馆藏《八角鼓》，抄本
国家图书馆藏《社会教育星期报》，民国四年
国家图书馆藏《子弟书》
"国立"北京大学中国民俗学会《民俗丛书·红楼梦弟子书》，台北，东方文化书局，民国十六年十月
"国立"北京大学中国民俗学会《民俗丛书·北京俚曲》，台北，东方文化书局，光绪六年九思堂刻本
四水潜夫《武林旧事》，西湖书社，1981 年
孟元老《东京梦华录》，文化艺术出版社，1998 年
韩又黎《都门赘语》，抄本
杨米人《都门纪略》，光绪刊本
《增补都门纪略》，光绪五年刻本
杨静亭《都门汇纂》，宣统元年京都荣禄堂刻本
《京门杂记》，1924 年抄本
瞿宣颖《同光间燕都掌故辑略》，上海世界铅印，1936 年
余棨昌编《故都变迁记略》，1941 年铅印
小方壶斋丛钞《燕京杂记》，民国铅印
戴璐《藤阴杂记》，吴兴会馆光绪 3 年刻本
鲍东植《都门百二十咏》，咸丰三年无古今室刻本
吴长元《宸垣识略》，乾隆 53 年池北草堂刻本
蒋良骥编《东华录》，抄本
《东华续录》，抄本
小横香室主人编《清朝野史大观》，中华书局，民国 19 年
冯文洵《丙寅天津竹枝词》，1934 年铅印

张江裁编《燕都风土丛书》，双肇楼丛书，铅印
贾凫西《木皮散人鼓词》，上海扫叶山房，1915 年
啸傲主人《齐人梦鼓词》，稿本
朱彝尊《日下旧闻》，康熙二十六年——二十七年，秀水朱氏六峰阁刻本
《北京小调二十九种》，北京致文堂、锦文堂、聚兴堂
郑振铎编，韩小窗等著《东调选、西调选》，世界文库本
《玉鸳鸯全传》咸丰五年，惜阴主人抄本
张长了编《鼓子曲言》，正中书局，民国三十七年
《广州鼓词十种》，广州成文堂，五桂堂
《黄糠宝卷》，抄本
《丝条宝卷》，1916 年抄本
文明书局编《清代笔记丛刊》，民国上海文明书局石印
《顺天府志》，光绪十一年刊本
《文明大鼓书词》，尧封，民国九年自刊，铅印
昭琏《啸亭杂录》，中华书局，1980 年
震钧《天咫偶闻》，北京古籍出版社，1982 年
崇彝《道咸以来朝野杂记》，北京古籍出版社。1982 年
潘荣陛、富察敦崇、查慎行、禳廉著《帝京岁时纪胜、燕京岁时记、人海记、京都风俗志》，北京古籍出版社，2001 年
徐珂《清稗类钞》，中华书局，1984 年—1986 年
徐渭《南词叙录》，中国戏剧出版社，1980 年
枝巢子《旧京琐记》，枝巢藏版，刻本
李虹若《朝市丛载》，北京古籍出版社，1995 年
逆旅过客《都市丛谈》，北京古籍出版社，1995 年
余金《熙朝新语》，上海古籍出版社，1983 年
文康《儿女英雄传》，光绪四年聚珍堂活字印本
陈森《品花宝鉴》，上海古籍，1990 年
李斗《扬州画舫录》，中华书局，1997 年
赵尔巽《清史稿·艺文志》
中国曲艺志全国编辑委员会《中国曲艺志·北京卷》，北京，中国 ISBN 中心，1999 年
李民雄执笔《中国民族音乐大系·民族器乐卷》，上海音乐出版社，1989 年
连波执笔《中国民族音乐大系·曲艺卷》，上海音乐出版社，1989 年
《中国曲学大辞典》，浙江教育出版社，1997 年

《中国大百科全书·戏曲曲艺卷》，中国大百科全书出版社，1983年
《中国戏曲曲艺辞典》，上海辞书出版社，1981年
刘复、李家瑞《中国俗曲总目稿》，中央研究院史语所，民国二十一年
李家瑞《北平俗曲略》，上海文艺出版社1990年影印，据中央史语所民国二十一年版影印
傅惜华《子弟书总目》，上海文艺联合出版社，1953年
傅惜华《曲艺论丛》，上海文艺联合出版社，1954年
蒋星煜《以戏代药》，广东人民出版社，1980年
沈燮元编、周贻白著《周贻白小说戏曲论集》，齐鲁书社，1986年
赵景深《曲艺丛谈》，中国曲艺出版社，1982年
启功《启功丛稿》（论文卷），中华书局，1999年
聂石樵、邓魁颖《古代小说戏曲论丛》，中华书局，1985年
陈望道《修辞学发凡》，上海教育出版社，2001年
吴文科《中国曲艺艺术论》，山西教育出版社，2000年
吴文科《说唱义征》，中国文学出版社，1994年
蔡源莉，吴文科《中国曲艺史》，文化艺术出版社，1998年
倪钟之《中国曲艺史》，春风文艺出版社，1991年
倪钟之《曲艺民俗与民俗曲艺》，百花文艺出版社，1993年
段玉明《中国市井文化与传统曲艺》，吉林教育出版社，1992年
侯希三《北京老戏园子》，中国城市出版社，
周华斌《京都古戏楼》，海洋出版社，1993年
任光伟《艺野知见录》，春风文艺出版社，1989年
关德栋、李万鹏《聊斋志异说唱集》，上海古籍出版社，1983年
关德栋《曲艺论集》，上海古籍出版社，1958年
钟叔河编《周作人文类编》，湖南文艺出版社，1998年
邓之诚《骨董琐记》，中国书店，1991年
俞平伯《俞平伯散文杂论编》，上海古籍出版社，1990年
阎崇年《满学论集》，民族出版社，1999年
金受申《老北京的生活》，北京出版社，1989年
余钊《北京旧事》，学苑出版社，2000年
李登科《北京历史民俗》，中国环境科学出版社，1993年
王国维《宋元戏曲史》，东方出版社，1996年
阿英《小说四谈》，上海古籍出版社，1981年
阿英《小说二谈》，上海古籍出版社，1985年

张菊玲《清代满族作家文学概论》,中央民族学院,1990年
季永海、赵志忠《满族民间文学概论》,中央民族学院出版社,1991年
陈汝衡《说书史话》,作家出版社,1958年
陈汝衡《陈汝衡曲艺文选》,中国曲艺出版社,1985年
陈锦钊《子弟书之题材来源及其综合研究》,政大中文研究所,1977年
陈锦钊《快书研究》,民国1982年
徐亮《清中叶至民国北京地区俗曲研究》,北京大学学士学位论文
滕绍箴《清代八旗子弟》,中国华侨出版公司,1989年
于林青《曲艺音乐概论》,人民音乐出版社,1993年
孙继南、周柱铨《中国音乐通史简编》,山东教育出版社,1991年
杨荫浏《中国古代音乐史稿》(上下),人民音乐出版社,1990年
潭正璧、潭寻《评弹通考》,中国曲艺出版社。1985年
〔日〕波多野太郎《子弟书研究—影印子弟书满汉兼螃蟹段儿》
《满汉合璧子弟书寻夫曲校正》,日本横滨市立大学,1973年
〔日〕波多野太郎《子弟书集》,横滨市立大学,1976年
薛宝琨《中国说唱艺术史论》,花山文艺出版社,1990年
汪景寿《中国曲艺艺术论》,北京大学出版社,1994年
汪景寿《说唱——乡土艺术的奇葩》,北京大学出版社,1996年
郑振铎《中国俗文学史》,作家出版社,1954年
杨荫深《中国俗文学概论》,世界书局,民国二十七年
刘光民《古代说唱辨体析篇》,首师大出版社,1996年
中国艺术研究院曲艺研究所《说唱艺术简史》,文化艺术出版社,1988年
刘念兹《戏曲文物丛考》,中国戏剧出版社,1986年
张寿崇主编《子弟书珍本百种》,民族出版社,2000年
张寿崇主编《清蒙古车王府藏子弟书》,北京市民族古籍整理出版规划小组,
　　国际文化出版公司,1994年
刘烈茂、郭精锐《车王府曲本研究》,广东人民出版社,2000年
沈燮元编《周贻白小说戏曲论集》,齐鲁书社,1986年
《中国曲艺论集》(二),中国曲艺出版社,1990年
《中国古典戏曲论著集成》,中国戏剧出版社,1959年
孙逊,孙菊园《中国古典小说美学资料荟萃》,上海古籍出版社,1991年
孙楷第《中国通俗小说书目》,人民文学出版社,1982年
胡文彬《红楼梦子弟书》,春风文艺出版社,1983年
关德栋、周中明《子弟书丛钞》,上海古籍出版社,1984年

《清蒙古车王府藏曲本》，北京古籍出版社，1991年
朱一玄校点《明成化说唱词话丛刊》，中州古籍出版社，1997年
雷梦水、潘超、孙忠铨、钟山《中华竹枝词》，北京古籍出版社，1997年
薛汕校点《花笺记》，文化艺术出版社，1985年
王毅《中国民间艺术论》，山西教育出版社，2000年
中国曲协辽宁分会编《子弟书选》，1979年
侯宝林、汪景寿、薛宝琨《曲艺概论》，北京大学出版社，1980年
中国曲协编《鼓曲研究》，作家出版社，1959年
《曲艺艺术论丛》，中国曲艺出版社，1981年—1990年
北京出版史志编辑部《北京出版史志》，北京出版社，1993年—1999年，第1辑到第13辑
李致忠《古籍版本鉴定》，文物出版社，1997年
肖东发《中国图书出版印刷史论》，北京大学出版社，2001年
赵园《北京：城与人》，北京大学出版社，2002年
杨义《中国叙事学》，人民出版社，1997年
高辛勇《修辞学与文学阅读》，北京大学出版社，1997年
谭帆《中国小说评点研究》，华东师大出版社，2001年
任光伟《子弟书的产生及其在东北的发展》，载《满族文学研究》1983年第1期
任光伟《从"诗赋贤"看清代八旗子弟书对民间文艺之改革》，辽宁曲协《曲艺通讯》1982年第2期
关德栋，周中明《论子弟书》，载《文史哲》，1980年
李家瑞《清代北京馒头铺租赁唱本的概况》，天津《大公报》图书副刊，民国二十五年2月27日
高季安《子弟书的源流》，载《文学遗产增刊》第10辑
胡光平《韩小窗生平及其作品考察论》，载《文学遗产增刊》第12辑
多涛《论"子弟书"与"八角鼓"的演变》，载《辽宁师大学报》1996年第3期
宜尔根《满族说唱艺术的瑰宝：读〈清蒙古车王府藏子弟书〉》，载《民族文学研究》1995年第4期
李爱冬《诗的情韵，文的包容，一代新声：〈子弟书作品选析〉前言》，载《内蒙古师大学报》1994年第2期
赵志忠《清代宫廷侍卫生活的真实写照：鹤侣的侍卫子弟书》，载《紫禁城》1996年第4期
陈锦钊《论〈清蒙古车王府藏曲本〉及近年大陆所出版有关子弟书的资料》，载《民族艺术》1998年第4期

陈锦钊《"子弟书之题材来源及其综合研究"提要》,载《华学月刊》,1977 年
陈锦钊《子弟书之作家及其作品》,《书目季刊》,1978 年
陈锦钊《谈"喜舞歌"子弟书与"喜起舞"》,《中国时报》,1979 年 2 月 28 日
陈锦钊《子弟书研究世纪回顾》
陈锦钊《论现存取材相同且彼此关系密切的子弟书》,载《中国文哲研究通讯》第 10 卷第 2 期
孙富元、王先锋《略述韩小窗的〈红楼梦〉子弟书创作》,《渭南师专学报》,1999,14
吴晓铃《绥中吴氏双楷书屋所藏子弟书目录》,载《文学遗产》1982 年第 4 期
王季思《〈满汉合璧子弟书寻夫曲校正〉读后记》,《光明日报》,1978 年 7 月 7 日
胡文彬《〈红楼梦〉子弟书初探》,载《社会科学辑刊》1985 年第 2 期
刘烈茂、郭精锐《车王府曲本子弟书评述》,载《学术研究》1992 年第 4 期
启功《创造性新诗子弟书》,载《文史》1985 年第 23 期
陈加《关于子弟书作家韩小窗:兼与张政烺先生商榷》,载《社会科学战线》1984 年第 3 期
赵志辉《〈八角鼓〉、〈子弟书〉考略》,载《社会科学辑刊》1990 年第 1 期
刘烈茂《论车王府藏子弟书的文学价值》,载《中山大学学报》1998 年第 6 期
皮光裕《"子弟书"寻踪》,载《民族文学研究》1998 年第 4 期
于大成《子弟书》,《中华日报》,1977 年 6 月 5 日
布谷《乾隆时北京的曲艺和杂技》,《新民晚报》1961 年 11 月 3 日
上官樱《漫说清代子弟书》,《说演弹唱》,1980 年
苏刃《有关清代曲艺史料的三篇子弟书》,《曲艺艺术论丛》,1981,1
沈定卢《清光绪十五至十八年间上海曲坛概况及书场经营方式》,载《戏剧艺术》1991 年第 1 期
张政烺《会文山房与韩小窗》,载《社会科学战线》1982 年第 2 期
泽田瑞穗《关于石派书〈青石山狐仙传〉》,载《中文研究》1968 年第 8 期
傅惜华《聊斋志异与子弟书,清代传奇与子弟书》,《曲艺论丛》,上海文艺联合出版社,1953 年
傅惜华《"西调"与"小曲"》,《逸文》,1945 年
《漫谈清车王府钞藏曲本子弟书集及其评论性文章》,载《东吴中文研究集刊》1997 年第 7 期
耿英《子弟书初探》,载《满族文学研究》1982 年第 1 期
刘吉典《天津卫子弟书的声腔介绍》,《曲艺艺术论丛》,第三辑,1982 年

刘吉典《流传在天津的"子弟书西城调"》，载《艺术研究》1990年秋季号
《天津曲艺演出场所史略》，载《艺术研究》1991年秋季号
霍连仲《"木板"到京韵》，载《曲艺》1961年第6期
《子弟书下酒》，载《万象》2000年第2期
胡双宝《谈京剧现代戏的发音和韵辙》，《汉语，汉字，汉文化》，北京大学出版社，1998年
傅雪漪《从〈访贤〉谈京弋腔和百本张》，载《中国音乐》1993年第3期
潘建国《明清时期通俗小说的读者与传播方式》，载《复旦学报》2001年第1期
康保成《"滨文库"读曲札记》，载《艺术百家》1999年第1期
宫钦科《著名子弟书作家韩小窗》，《沈阳日报》1979年11月6日
陈毓罴《〈红楼梦〉说书考》，《红楼梦研究集刊》第八辑，上海古籍出版社，1982年
曲金良《略谈红楼梦子弟书〈露泪缘〉》，载《红楼梦学刊》1989年第三期
崔蕴华《子弟书中"八旗"子弟形象论》，载《辽宁大学学报》2002年第5期
崔蕴华《遗失的民族艺术珍品——〈卖油郎独占花魁〉等子弟书的发现及其价值》，载《民族文学研究》2002年第3期
崔蕴华《红楼梦子弟书：经典的诗化重构》，载《北京师范大学学报》2003年第3期